KB115847

오무라 마스오와 한국문학

엮은이

곽형덕 郭炯德, Kwak Hyoung-duck

일본어문학 연구 및 번역자로 명지대학교 일어일문과 교수로 재직 중이다. 저서로 『김사량과 일제 말 식민지문학』(2017)이 있고, 편역서로는 『김사량, 작품과 연구』 1~5(2008~2016), 『대동아문학자대회 회의록』(2019), 『오키나와문학선집』(2020)이 있다. 번역서로는 『일본풍토기』(김시종, 2022), 『무지개 새』(메도루마 슌, 2019), 『돼지의 보복』(마타요시 에이키, 2019), 『지평선』(김시종, 2018), 『한국문학의 동아시아적 지평』(오무라 마스오, 2017), 『아쿠타가와의 중국 기행』(아쿠타가와 류노스케, 2016) 등이 있다.

오무라 마스오와 한국문학

초판인쇄 2024년 4월 15일 **초판발행** 2024년 4월 30일

엮은이 곽형덕 **펴낸이** 박성모 **펴낸곳** 소명출판 **출판등록** 제1998-000017호

주소 서울시 서초구 사임당로14길 15 서광빌딩 2층

전화 02-585-7840 **팩스** 02-585-7848

전자우편 somyungbooks@daum.net **홈페이지** www.somyong.co.kr

값 22,000원

ISBN 979-11-5905-894-3 03810

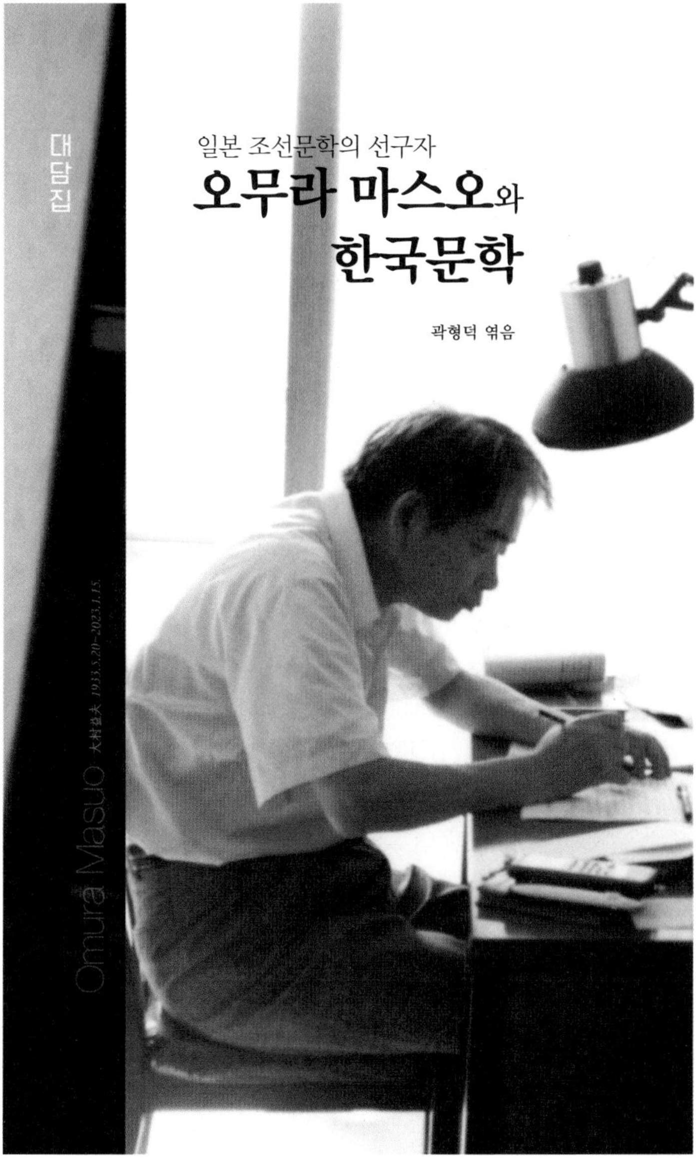

대담집

일본 조선문학의 선구자

오무라 마스오와 한국문학

곽형덕 엮음

Omura Masuo 大村益夫 1933.5.20–2023.1.15.

오무라 마스오 大村益夫, Omura Masuo

1945년 이후 일본에서 조선문학 연구 및 번역을 시작한 선구자. 1933년 5월 20일 도쿄 도시마구豊島区 나가사키長崎에서 태어났다. 1953년 와세다대학 제1정치경제학부 정치학과에 입학해 1957년에 졸업했다. 졸업한 해에 도쿄도립대학 인문과학연구과 석사과정에 입학해 스승인 다케우치 요시미에게 중국문학을 배우기 시작했다. 이 무렵부터 중국 연구에서 조선 연구로의 전환이 시작되었다. 1959년 도쿄도립대학 같은 코스의 박사과정에 들어갔으며, 1961년부터 가나가와현립 가미미조고등학교에서 일하기 시작했다. 1962년 박사과정을 마치고, 다음해부터 와세다대학 어학교육연구소 시간강사일본어 담당로 일하기 시작했다. 1964년에 전임강사일본어 담당가 됐으며, 1966년부터 와세다대학 제2법학부 전임강사로 중국어를 가르쳤다. 1967년에 조교수, 1972년에 교수가 됐다. 1978년 와세다대학 어학교육연구소로 옮겨 조선어를 담당했다. 2004년에 와세다대학 어학교육연구소에서 정년 퇴직했다. 1972년 몇 달간 한국에서 체류했으며, 1985년 와세다대학 재외 연구원으로 1년간 중국 연변대학에서 연구 유학했고, 1992년과 1998년 고려대학교 교환 연구원으로 한국에 체재했다. 2013년에 일본 내각에서 수여하는 서보중수장瑞宝中綬章을 받았다. 2018년 소명출판에서 저작을 집대성한 『오무라 마스오 저작집』전6권을 출판했다. 2018년 제16회 한국문학번역상, 2022년 제28회 용재학술상, 2023년 제14회 김우종문학상 대상을 수상했다.

저서로는 『사랑하는 대륙이여－시인 김용제 연구』大和書房, 1992, 『시로 배우는 조선의 마음』青丘文化社, 1998, 『사진판 윤동주 자필 시고 전집』공편, 민음사, 1999, 『윤동주와 한국문학』소명출판, 2001, 『조선 근대문학과 일본』緑蔭書房, 2003, 『중국조선족문학의 역사와 전개』緑蔭書房, 2003, 『조선의 혼을 찾아서』소명출판, 2005, 『김종한 전집』공편, 緑蔭書房, 2005, 『제국주의와 민족주의를 넘어서』공저, 역락, 2009, 『식민주의와 문학』소명출판, 2014 등이 있다. 번역서로는 『한일문학의 관련양상』김윤식, 朝日新聞社, 1975, 『친일문학론』임종국, 高麗書林, 1976, 『조선 단편소설선』 상·하공역, 巖波書店, 1984, 『한국단편소설선』공역, 巖波書店, 1988, 『시카고 복만－중국조선족단편소설선』高麗書林, 1989, 『탐라이야기－제주도문학선』高麗書林, 1996, 『인간문제』강경애, 平凡社, 2006, 『바람과 돌과 유채화(제주도 시인선)』新幹社, 2009 등이 있다. 2018년부터 김학철문학선집 편집위원회를 꾸려 『김학철문학선집 1 단편소설선－담뱃국』新幹社, 2021을 출간했으며 선집 2권의 출간을 앞두고 있었지만 지병으로 2023년 1월 15일 타계했다.

赤い信号弾

尹　世重作
大村益夫訳

윤세중, 오무라 마스오 역, 『붉은 신호탄赤い信号弾』, 신일본출판사新日本出版社, 1967.

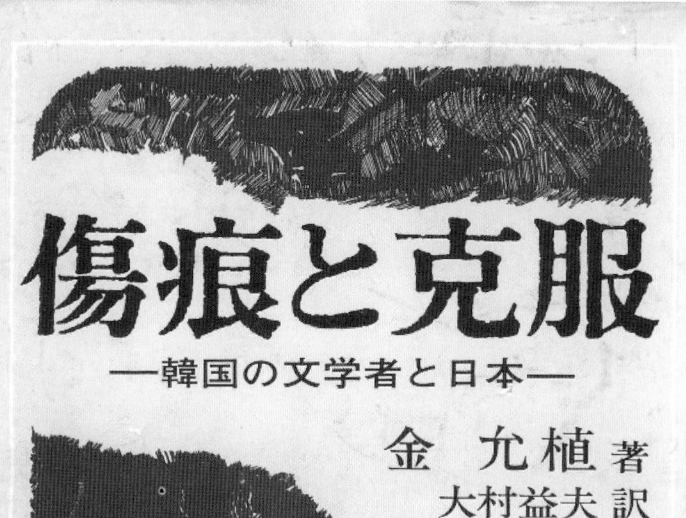

김윤식, 오무라 마스오 역, 『상흔과 극복－한국의 문학자와 일본傷痕と克服－韓国の文学者と日本』, 아사히신문사朝日新聞社, 1975.

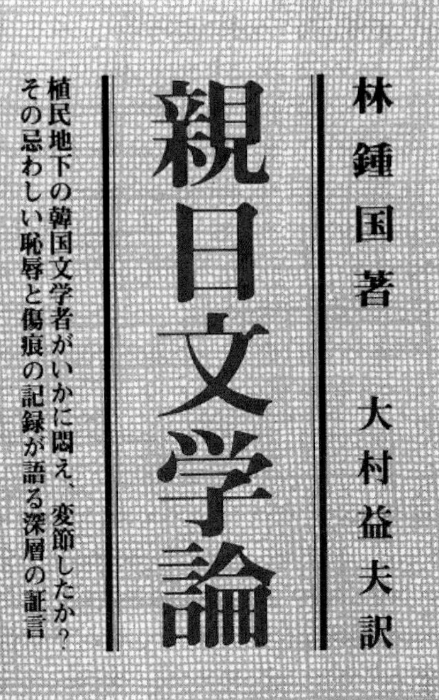

임종국, 오무라 마스오 역, 『친일문학론親日文学論』, 고려서림高麗書林, 1976.

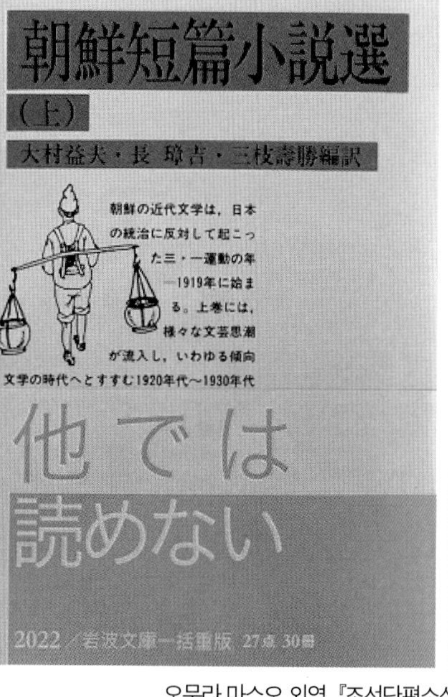

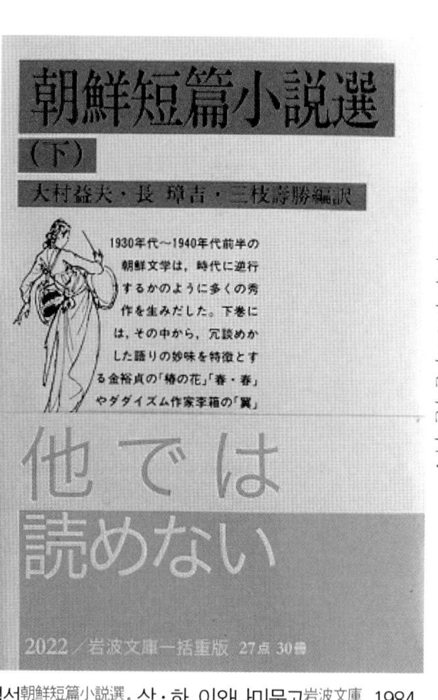

오무라 마스오 외역, 『조선단편소설선朝鮮短篇小説選』 상・하, 이와나미문고岩波文庫, 1984.

新訂增補 平凡社

[NEW EDITION] CYCLOPEDIA OF KOREA

朝鮮を知る事典

【監修】伊藤亜人＋大村益夫＋梶村秀樹＋武田幸男＋高崎宗司

오무라 마스오 외, 『조선을 아는 사전朝鮮を知る事典』, 헤본샤平凡社, 1986.

中国の朝鮮族

〈延辺朝鮮族自治州概況〉執筆班
大村益夫 訳

むくげの会刊

오무라 마스오 역, 『중국의 조선족中国の朝鮮族』, 무쿠게노카이むくげの会, 1987.

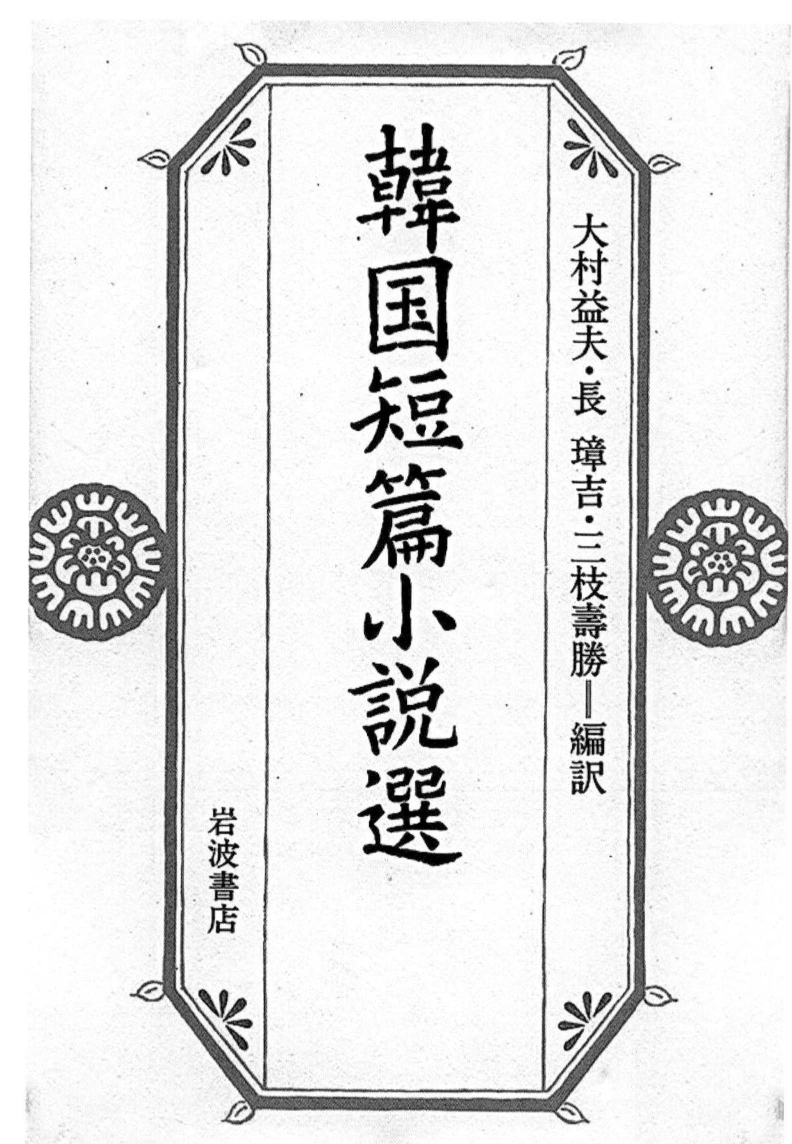

오무라 마스오 외역, 『한국단편소설선韓国短篇小説選』, 이와나미서점岩波書店, 1988.

오무라 마스오 역, 『시카고복만－중국 조선족 단편소설선シカゴ福万－中国朝鮮族短篇小説選』, 고려서림高麗書林, 1989.

오무라 마스오,『사랑하는 대륙이여–시인 김용제 연구愛する大陸よ –詩人金竜済研究』, 다이와쇼보大和書房, 1992.

오무라 마스오 외, 『알기 쉬운 조선어의 기초わかりやすい朝鮮語の基礎』, 동양서점東洋書店, 1995.

오무라 마스오 편역, 『탐라 나라의 이야기－제주도문학선耽羅のくにの物語－済州島文学選』, 고려서림高麗書林, 1996.

近代朝鮮文学における日本との関連様相

07301056

布袋敏博・波田野節子・芹川哲世
白川　豊・藤石貴代・大村益夫 著

1995年度～1997年度科学研究費補助金
基盤研究B（1）研究成果報告書

1998年1月

研究代表者　大村益夫
（早稲田大学語学教育研究所）

오무라 마스오 외, 『근대 조선문학에 있어서의 일본과의 관련 양상近代朝鮮文学における日本との関連様相』, 와세다대학어학교육연구소早稲田大学語学教育研究所, 1998.

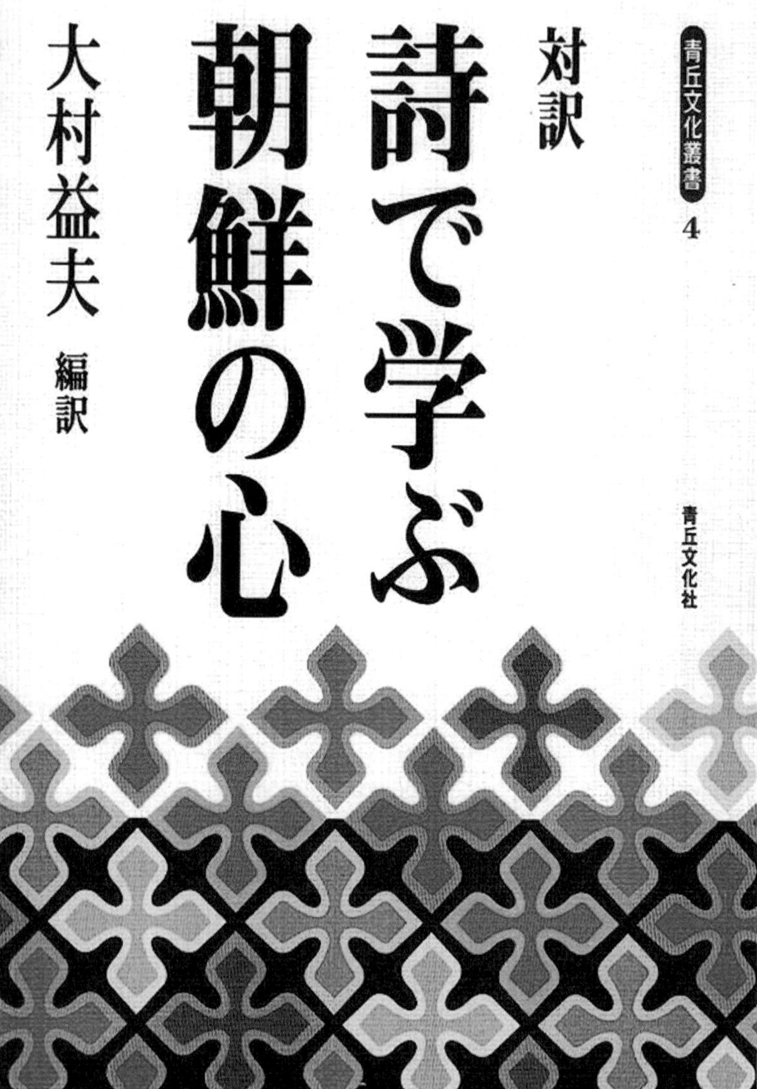

오무라 마스오 편역, 『대역 시로 배우는 조선의 마음対訳 詩で学ぶ朝鮮の心』, 청구문화사青丘文化社, 1998.

大村益夫・布袋敏博編／解説

近代朝鮮文学日本語作品集

1939～1945

創作篇

1

緑蔭書房

오무라 마스오 외편, 『근대조선문학일본어작품집 1939~1945－창작편 1 近代朝鮮文学日本語作品集 1939~1945－創作篇 1』, 로쿠인쇼보緑蔭書房, 2001.

中国朝鮮族文学の
歴史と展開

大村益夫著

緑蔭書房

오무라 마스오, 『중국 조선족문학의 역사와 전개中国朝鮮族文学の歴史と展開』, 로쿠인쇼보緑蔭書房, 2003.

오무라 마스오 외편, 『김종한전집金鍾漢全集』, 로쿠인쇼보綠蔭書房, 2005.

강경애, 오무라 마스오 역, 『인간문제人間問題』, 헤본샤平凡社, 2006.

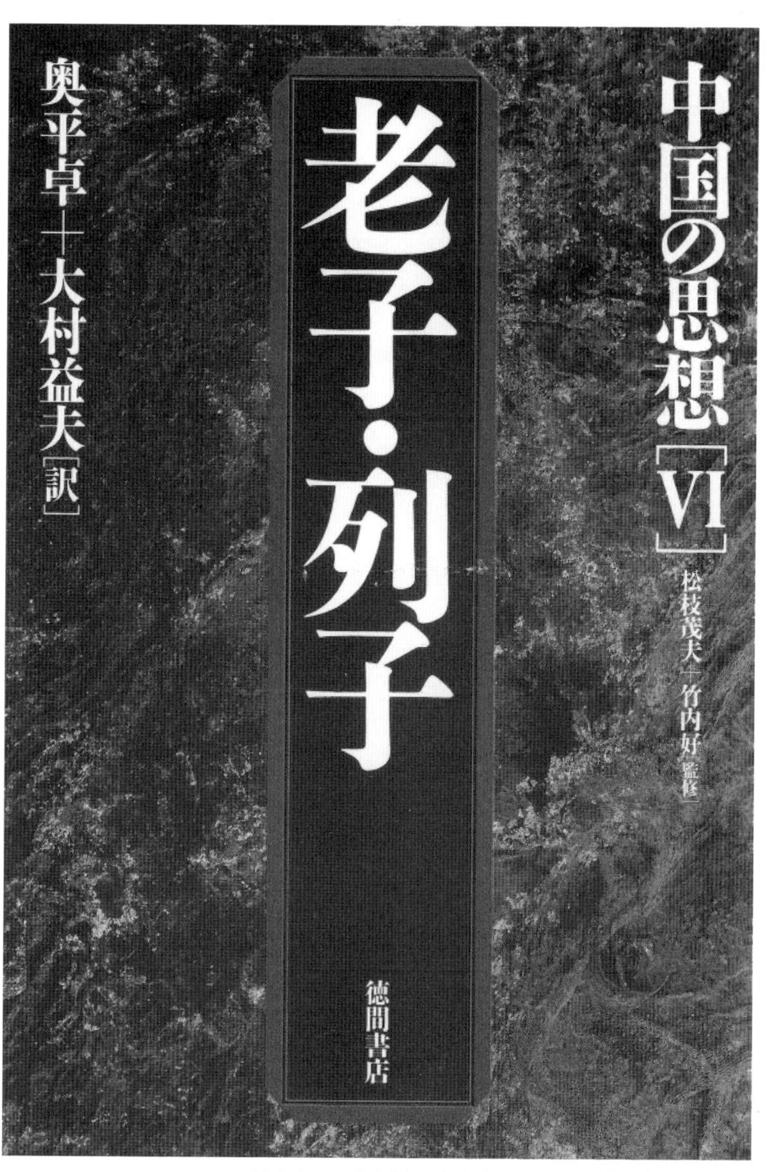

오무라 마스오 외역, 『중국의 사상 6 노자 · 열자中国の思想 6 老子·列子』, 도쿠마서점徳間書店, 2008(개정판, 초판은 1964).

風と石と菜の花と

済州島詩人選

大村益夫 編訳

新幹社

오무라 마스오 편역, 『바람과 돌과 유채꽃과—제주도 시인선風と石と菜の花と—済州島詩人選』, 신간사新幹社, 2009.

朝鮮近代文学選集＝8

故郷

고향

李箕永

◆大村益夫＝訳◆

貧しさの根本原因に目覚めていく
小作農たち

植民地時代の荒廃する農村にあって、たくましく生きる小作人群像とその家族たち、そして若い男女の心の葛藤を、朝鮮の風土を織り交ぜながら描く。

平凡社　定価：本体3500円（税別）　（文学・韓国・朝鮮）

이기영, 오무라 마스오 역, 『고향故郷』, 헤본샤平凡社, 2017.

◀ 사진 1
중학교 입학 사진.
앞줄 오른쪽 두 번째가 오무라 마스오,
그 뒤가 어머니 오무라 구니에.

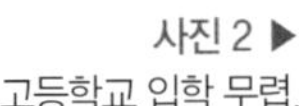

사진 2 ▶
고등학교 입학 무렵.

사진 3

고등학교 1학년 때 찍은 사진, 대학 입시 원서에 사용.

▲ 사진 4
고등학교 1학년 무렵 여동생 요시코와 함께.

사진 5 ▶
1953년 4월 중순 무렵 기리타디桐谷 씨와 함께 혼고本鄕의 아버지 집 앞에서.

▲ 사진 7
와세다대학 법학과 M클래스 단체 사진, 앞줄에서 오른쪽 세 번째.

◀ 사진 6
와세다대학 1학년 무렵 오쿠마강당 앞에서 찍은 법학과 단체 사진, 맨 뒷줄 첫 번째.

사진 8~15
1956년 8월 6~8일,
니가타 묘코산妙高山
사사가미네笹ヶ峰고원 목장에서
와세다대학 합숙세미나.
인근의 초등학교를 빌려 합숙하며
루쉰문학에 대해 토론했다.

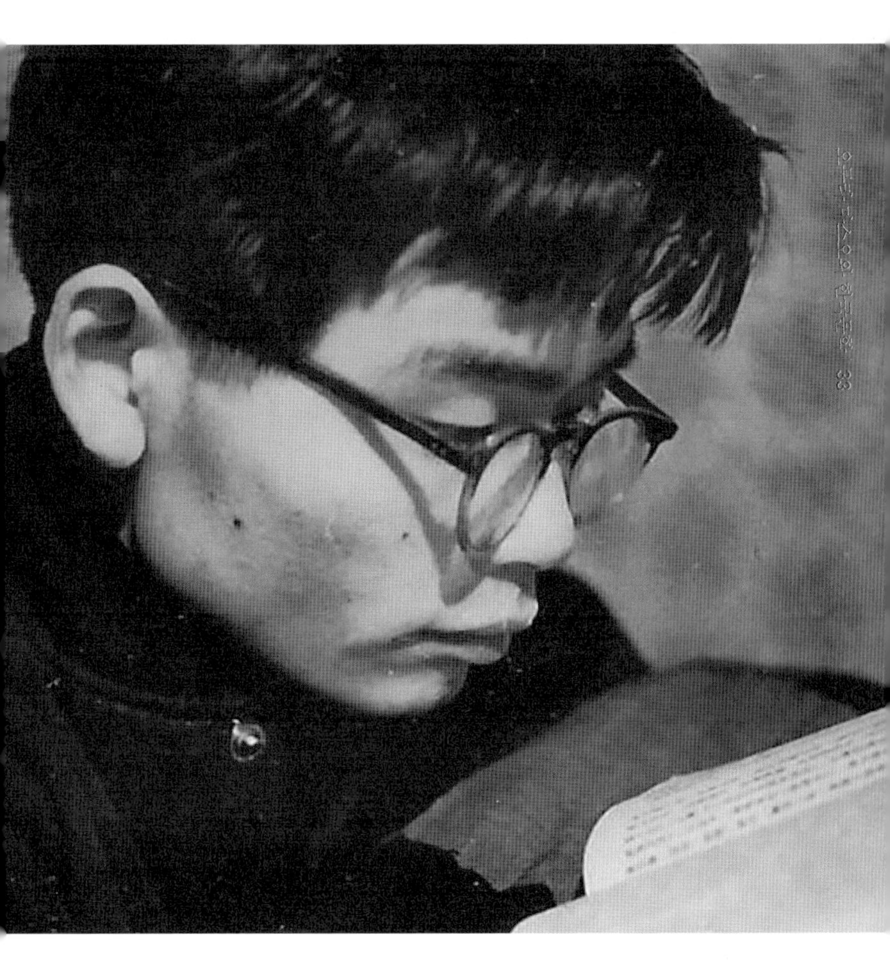

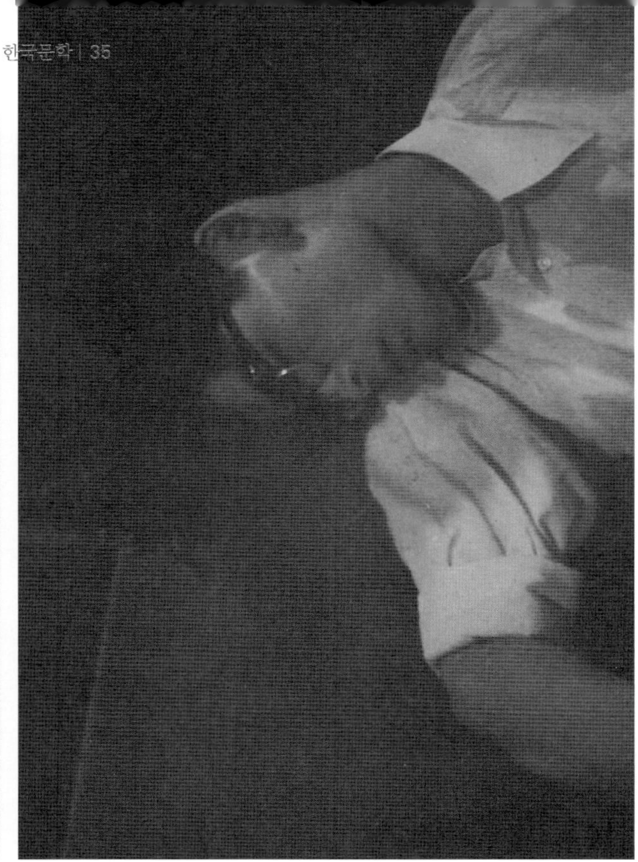

사진 17 ▶
아래에서부터 안도 히코타로, 오니시 다카시(미야타 세쓰코의 남편), 마쓰모토 리키오, 이마사토 다다시, 중앙에 모자를 쓴 사람이 강덕상, 그 옆은 아라이 신이치, 왼쪽 끝이 오무라 마스오.

▼ 사진 16
합숙세미나가 끝난 후 단체 사진,
앞줄 왼쪽 네 번째가 안도 히코타로, 그 뒤가 오무라 마스오.

▲ 사진 18
1957년 도쿄도립대학 시절, 다케우치 미노루 조교와 함께.

▼ 사진 19

역시 도쿄도립대학 시절, 다케우치 요시미 세미나.

▲ 사진 20
1957년 4월 14일, 시즈오카현 이즈 구모미雲見 여행.
필름 3통을 분실하고 남은 사진.

▲ 사진 21
1957년 말 가나가와현,
유가하라온천湯河原温泉 합숙세미나.

사진 22 ▶
유가하라온천 합숙세미나에서 다케우치 요시미.

▲ 사진 23
유가하라온천 합숙세미나에서.

▲ 사진 24
1958년 1월 8일, 덴리대학에서.

▲ 사진 25
1958년 1월 8일,
덴리대학 교수 나카무라 다다유키中村忠行 자택에서.

사진 26 ▶
1958년 무렵 야마나시 긴푸산金峰山
다이니치이와大日岩에서 등반 중인 모습.

사진 27
1958년 말에서 1959년 초 무렵 다마가와多摩川
조선총련 청년학교 야유회에서.
오른쪽에서 다섯 번째가 오무라 마스오.

사진 28 ▶
조선총련 청년학교 야유회에서.

▲ 사진 29
조선총련 청년학교 야유회에서 오무라 아키코, 오른쪽 첫 번째.

▲ 사진 30
조선총련 청년학교 야유회,
앞 열에서 오른쪽 두 번째가 오무라 아키코.

▲ 사진 31
1967년 와세다대학 법학부 중국어클래스 29조 학생들(66학번)과 함께.

사진 32 ▶
1967년 10월 27~28일, 기타큐슈대학 중국어학연구회 전국대회에서.

▲ 사진 33
1967년 무렵 기타규슈 오구라시 조노城野캠프에서
한국전쟁 당시 미군 흑인 병사가 도망친 곳을 답사 중에.
흑인 병사의 집단 탈주를 다룬 『검은바탕의 그림黒地の絵』의 배경이기도 하다.

사진 34 ▶
1967년 나가사키 원폭기념상 앞에서.

▲ 사진 35
1967년 벳푸에서.

사진 36 ▶
와세다대학 법학부 교원 시기.

사진 37~38
와세다대학에서 학생들과 함께.

▲ 사진 39
20대 시절의 오무라 아키코.

▲ 사진 41
1961년 6월 14일, 와세다대학 오쿠마회관에서의 결혼식.

◀ 사진 40
다치카와연봉立川連峰 산행 때 정상 부근에서 만난 사람들과 함께
왼쪽 두 번째가 오무라 아키코, 세 번째는 오무라 마스오.

◀ 사진 42
결혼식 사진.

▼ 사진 43
와세다대학 오쿠마회관 식당에서
오무라 마스오의 스승 다케우치 요시미가 축사를 하고 있는 모습.

▲ 사진 44
1974년 3월, 임종국 선생 가족과 함께.

사진 45 ▶
1987년 9월 12일, 김우종 선생 자택에서.

◀ 사진 46
1989년 11월 28일,
탑골공원에서 김학철 작가 부부와.

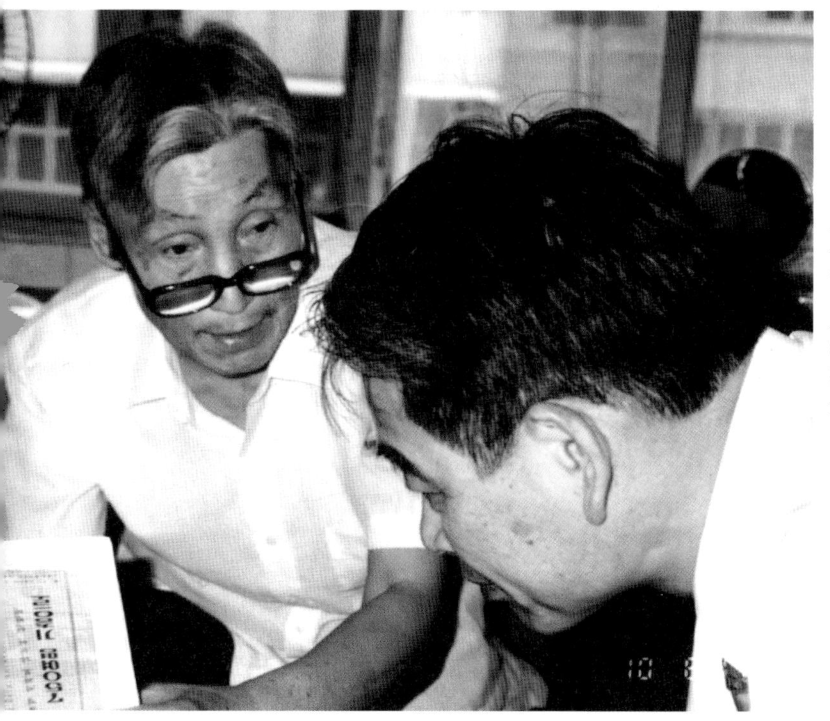

▲ 사진 48
1991년 8월 10일, 김학철 작가와.

◀ 사진 47
1989년 12월 7일, 오무라 마스오와 김용제.

學詩以識
爲主
庚午立秋前
大村先生法正 向川金容稷

▲ 사진 50
1992년 12월 11일, 왼쪽부터 윤인석(윤동주 조카),
오무라 마스오, 김재용, 심원섭.

◀ 사진 49
1990년 9월 10일, 서울대학교 김용직 교수 연구실에서.

▼ 사진 51
1993년 1월 14일, 김윤식 서울대학교 교수 연구실에서.

▲ 사진 52
1993년 2월 6일,
오성찬 작가 서재에서 부부 동반으로.

▲ 사진 54
1997년 2월 15일, 윤동주 시인 52주기 한일문학 세미나.

◀ 사진 53
윤동주 묘비 옆에서 오무라 마스오와 오무라 아키코.

사진 55 ▶
와세다대학에서 조선어를 가르치는 모습.

◀ 사진 56
오무라 마스오 연구실에서.
앞줄 왼쪽부터 시라카와 유타카, 오무라 마스오, 호테이 도시히로,
뒷줄은 하타노 세쓰코, 후지이시 다카요, 세리카와 데쓰요.

▼ 사진 57
2004년 1월,
와세다대학 최종 강의 중인 오무라 마스오
뒷모습은 김윤식 서울대학교 교수.

▲ 사진 59
연세대학교 시비 앞에서 윤동주 친척들과 함께.

◀ 사진 58
안수길이 살던 집 문 앞에서 소설가 남정현과 함께.

▼ 사진 60
원광대학교 초빙 강좌를 마치고.
왼쪽부터 오무라 아키코, 오무라 마스오, 김재용(원광대 교수), 이상경(카이스트 교수).

▲ 사진 61
2007년 5월 18일,
『조선의 혼을 찾아서』 출판기념회에서 임헌영 부부와 함께.

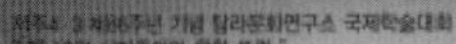

▲ 사진 62
2014년 5월 30일, 제주대학교에서 열린 제10회 식민주의와 문학 포럼에서.

▲ 사진 63
제주도에서 허영선 시인과 함께.

▲ 사진 64
2018년 2월 24일, 소명출판 창립 20주년 기념 행사에서.
왼쪽부터 김영민(연세대 교수), 오무라 마스오,
박성모(소명출판 대표), 구중서(문학평론가), 염무웅(문학평론가).

▼ 사진 65
2018년 가을, 리홍매 부부와 함께 다시 찾은 연변,
정판룡문학비 앞에서(사진 = 리홍매).

▲ 사진 66
2018년 가을, 다시 찾은 윤동주 시인의 묘.
연변대학 김호웅 교수와 함께(사진 = 리홍매).

사진 68 ▶
2018년 가을, 김학철 작가의 큰아들 김해양과 함께(사진 = 리홍매).

◀ 사진 67
2018년 가을,
연변작가협회 앞에서
(사진 = 리홍매).

▲ 사진 70
선생님의 파란 지붕집 풍경, 2층 서재가 보인다(사진 = 곽형덕).

◀ 사진 69
2019년 1월 10일, 인터뷰 후 애묘와 함께(사진 = 곽형덕).

▼ 사진 71
20년이 넘는 심원섭 교수와의 대국(사진 = 곽형덕).

▲ 사진 72
2019년 7월 19일, 인사동에서
오무라 마스오 저작집 번역자 정선태, 심원섭, 김응교, 곽형덕과.

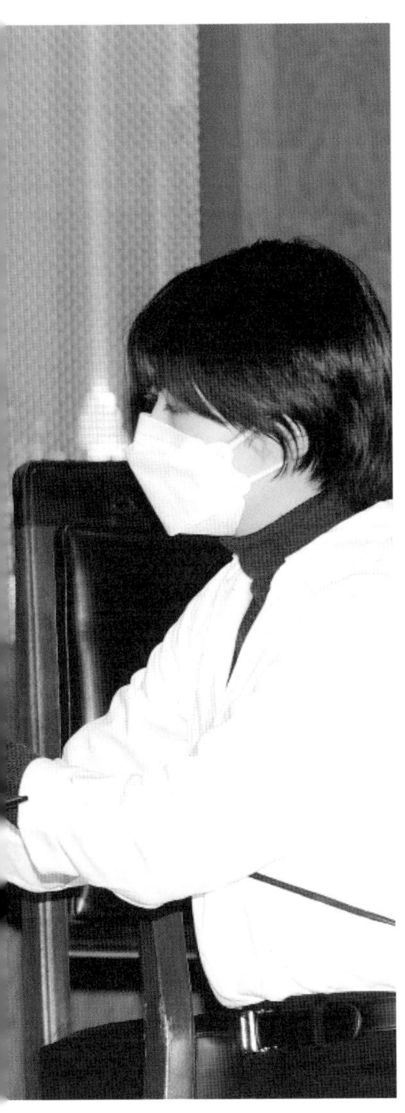

◀ 사진 73
2022년 11월 21일, 제28회 용재상 시상식.
마이크를 들고 있는 사람은 손녀인 오무라 하루카
(사진 = 연세대학교 국학연구원).

▲ 사진 74
2022년 11월 22일,
인하대학교에서 오무라 마스오 · 최원식 대담
(사진 = 인하대학교 한국학연구소).

사진 75 ▶
2022년 여름,
서재에서 자료를 찾으시는 모습
(사진 = 곽형덕).

▲ 사진 76
2023년 1월 24일, 조문.
왼쪽 앞뒤 심원섭 부부, 오무라 아키코, 윤인석, 야나기하라 야스코,
뒷줄 김응교, 곽형덕(사진 = 오무라 미치노).

일러두기

1. 이 인터뷰집은 선생님 댁에 2009년 이후 방문하면서 했던 대화와 인터뷰를 모은 것이다. 2017년부터 2022년까지 총 네 차례(10회 이상의 인터뷰)에 걸쳐 이뤄진 공식적인 인터뷰를 기본으로 하고 그 동안의 대화를 덧붙여 디테일을 살렸다. 또한 선생님과 2009년 이후 주고받은 약 400통의 이메일도 참조했다.
2. 인터뷰에 등장하는 이름 등은 독자의 편의를 위해 존칭을 대부분 생략했으며, 고유명사 등은 오무라 선생님이 사용하신 용어를 직역한 것이다. '조선어', '조선인', '조선민주주의인민공화국', '북조선' 등의 용어가 그렇다.
3. 자료 인용 시에는 장편소설, 신문・잡지명은 『 』, 단편소설・에세이・기사・논문・평론 등은 「 」, 연극・노래・영화명의 경우는 〈 〉로 통일해서 표기했다. 일본어 문건의 표기는 되도록 한국어 한자음으로 바꾸었지만 뉘앙스가 현저히 이상한 부분 등은 일본어 발음 그대로 표기했다.
4. 외래어 표기는 국립국어원의 외래어표기법을 따랐다. 인명, 지명 등의 고유명사 중에서 쉽게 찾아볼 수 있거나 널리 알려진 용어는 한자 병기를 하지 않았다.
   예) 와세다대학, 도쿄대학 등
5. 한자로 된 고유명사의 경우 가독성을 높이기 위해 원음 표기와 한글 음독 표기를 둘 다 사용했다.
   예) 루쉰, 류어, 량치차오, 노잔유기, 일중학원, 세세라기, 조선문학－소개와 연구, 문학, 일본조선연구소, 와세다대학, 연변 등
6. 인물명이나 고유명사의 경우 일부 설명이 필요한 경우 인터뷰 뒤에 설명을 달았다. 설명이 있는 고유명사는 고딕으로 표시했다. 널리 알려진 인물이나 생존해 있는 분의 설명은 가급적 생략했다.
7. 사진 저작권 표시는 가능한 간략하게 '사진 = 제공자 이름'으로 통일했다.

오무라 마스오大村益夫, 1933~2023 선생은 신기한 분이다. 대접받는 중국학자의 길을 버리고 홀대받는 한국학자, 그중에서도 가장 까다로운 문학 연구자의 길을 굳이 선택했다. 한국문학은 한국어의 정화精華다. 한국어의 모든 자질에 겸통兼通할 결심이 서야 한국문학 연구에 입문할 것인데, 일본인이 '차별부락'의 방언인 한국어를 배우기로 작심하고 온갖 난관을 넘어 그 학습에 성공하는 비화祕話 자체가 감동이다.

이후에도 못지않게 간난했다. 그의 연구 도정은 두 편견과의 격투 과정에 다름 아니었다. 정치투쟁을 앞세우는 일본조선학의 행동파에 비해, "조선을 알려면 조선어부터 시작해야" 한다는 어학파로서, "조선은 하나, 조선문학도 하나"라는 원칙을 가만히 세웠다. 반북도 친북도 거절하고, 반한도 친한도 사양하면서, 따듯한 균형으로 전후 일본의 한국문학 연구를 건실하게 개척하는 데 오로지 충성했다. 또 하나의 지뢰는 한국의 민족주의다. 일본학자가 윤동주를 비롯한 한국 문인들을 새로이 분석한 데 대한 어떤 반발을 당황 속에서도 오히려 싸안는 지적 성실로 한일 두 나라 문학을 잇는 다리 역할을 겸허하게 감당했다.

왜 그는 가시밭길을 즐거이 걸었을까? "커다란 이야기를 하는 것을 좋아하지 않"는 그의 학문적 자세가 종요롭다. 구멍 뚫린 거대 담론을 농하기보다는 엄격한 실증을 무기로 점수漸修의 길에 성실했으나, 그럼에도 기계적 실증주의자는 결코 아니다. "있어서는 안 될 현상을 방치하지 않는 것", 학문의 좌우명이 이처럼 단호하다. 비주류의 영토들을 갈피갈피 순례하며 "문학을 매개로 한국과 일본의 젊은이가 사이좋게 지낼 수 있"는 다른 세상을 꿈꾼 오무라 선생은, 부인 아키코 여사가 통찰했듯, 정녕 "시인의 마음을 품"은 학구學究였다.

곽형덕 교수가 지극한 정성으로 꾸린 이 대담집은 패전 이후 일본 사회의 격동 속에서 애써 학문적 양심을 세워나간 오무라 마스오의 자서전이라 해도 지나치지 않다. 더욱 그 사상적 모험 속에서 일본 및 재일 동포 그리고 한반도 지식인들의 면면이 빛나매, 소수자의 눈으로 파악된 한 편의 동아시아 지성사, 그 독특한 장관이 아름답다.

어느덧 1주기2024.1.15. "저는 종교가 없습니다. 그래서 기독교 방식의 시상식이 낯설고 조금 힘들었습니다." 용재상 시상식에 대한 솔직한 소감에서 보듯, 그는 부드러운 유물론자다. "돋아나는 새싹을 밟아서는 안된다"는 그 경건한 지론을 다시금 다짐하며, 사랑하는 흙으로 돌아간 선생을 추모하는 마음 그지없다.

2024년 2월

인하대학교 명예교수 최원식

대담

조선문학 연구에 뜻을 품고 50년

대담집 발간에 부쳐, 뜻志의 인간 오무라 마스오

대담

유년 시절부터 패전 무렵까지

곽형덕 선생님을 처음 뵌 것은 2006년 무렵 와세다대학에서 열린 조선문학 관련 연구회였습니다. 저는 그때 석사 1년생으로 문학 연구를 이제 막 시작한 상태로 부끄럽지만 선생님의 성함 정도만 아는 수준이었습니다. 2009년 무렵 서영인 선생님의 안내로 이치카와오노市川大野에 있는 선생님 댁을 처음 방문한 이후 10여 년이라는 시간이 흘렀습니다. 2013년 박사논문을 쓰던 마지막 해에 선생님 댁 근처에 살면서 서재를 어지럽힌 것도 이젠 그리운 추억입니다. 이전부터 선생님께 질문할 것들을 모아두고 있었는데 이제야 이런 기회를 마련해서 죄송합니다. 선생님의 저작집이 『윤동주와 한국 근대문학』, 『사랑하는 대륙이여 – 시인 김용제 연구』, 『한국문학의 동아시아적 지평』, 『한일 상호 이해의 길』, 『식민주의와 문학』, 『오무라 마스오 문학 앨범』까지 해서 6권으로 한국에서 나왔습니다. 일본이 아니라 한국에서 선생님의 저작집이 묶여 나오는 소감을 말씀해 주시면 감사하겠습니다.

오무라 마스오 우선 죄송한 마음이 듭니다. 제가 그렇게 대단한 일을 한 것도 아니지만……. 개인 선집이 나와서 대단히 기쁩니다. 일본이 아니라 한국에서 나오게 된 것도 그렇습니다. 어떤 의미에서는 죄송한 마음이 들지 않을 수 없지요. 저작집을 기획한 김재용 선생님과 소명출판의 박성모 사장님 그리고 번역자인 심원섭, 정선태 선생님 등께 진심으로 감사드립니다. 일본에서 제 저작집이 이렇게 묶여 나온다는 것은 생각할 수 없기에 더 뜻깊은 일입니다.

곽형덕 지금까지 선생님이 쓰신 글에 작은 조각은 나와 있었지만, 유년 시절의 기억을 부모님을 중심으로 들려주셨으면 합니다. 부모님은 어떤 분이셨나요?

오무라 마스오 아버지와 어머니는 모두 히가시야마나시東山梨 마키오카牧丘에서 1904년에 태어나셨습니다. 아버지는 오무라 슈케大村主計, 가즈에라고도 부른다이고 어머니는 오무라 구니에大村くにゑ입니다. 대중적으로는 오무라 가즈에로 불렸지만 저희는 음독을 해서 슈케로 호칭했습니다. 아버지는 동요시인이자, 『도쿄타임즈』 신문 편집국장이었고 『스포츠타임즈』의 사장이셨습니다. 어머니 집안은 꽤 유복해서 여학교를 나오셨습니다. 여학교에는 당시 마을에서 한두 명 정도만 다녔다고 합니다. 어머니 집안 쪽이 경제적으로 더 여유가 있었던 셈이죠. 두 분은 당시로서는 파격적인 결혼을 하셔서 함께 시코쿠 쪽에 피신해 계시기도 했습니다. 그 이야기가 당시 신문에도 실렸습니다. 사랑의 도피였던 셈입니다.

곽형덕 아버님의 이력이 궁금합니다. 동요시인이자 동화작가라고 선생님께 들었는데, 조금 더 구체적으로 알려주셨으면 합니다.

오무라 마스오 아버지는 사이조 야소西条八十에게 배우셨다고 기록되어 있는데 노구치 우조野口雨情가 스승입니다. 노구치 우조는 시인이자 동요·민요 작사가로 기타하라 하쿠슈北原白秋, 사이조 야소와 함께 일본 아동문학계의 3대 시인으로 손꼽힙니다. 아버지의 문학상 스승은 노구치 우조지만 친밀한 관계는 아니었습니다. 우조가 민요와 동요 두 개의 세계 중에서 민요에 비중을 두었다면, 아버지는 동요에 중점을 두었던 것도 영향이 있을 겁니다. 아버지는 고세키 유

지古関裕而와도 친했습니다. 고세키는 일본을 대표하는 작곡가 중 한 명으로 후쿠시마시에 '고세키 유지 기념관'이 건립됐습니다. 아버지는 1929년에 발표한 동요 〈꽃그늘花かげ〉이 음반으로 제작되고 히트를 기록하며 유명해지셨습니다. 야마나시현 시오야마시 고가쿠지向嶽寺에는 아버지를 기념해 '꽃그늘 시비'1957가 세워져 있습니다. 〈꽃그늘〉은 이런 동요입니다.

음력 보름밤 달님은 외톨이
눈보라처럼 지는 벚꽃 꽃그늘에
새색시 차림 누님
인력차를 타고 흔들리며 갔습니다

음력 보름밤 달님 보았죠
눈보라처럼 지는 벚꽃 꽃그늘에
새색시 차림 누님과
작별하기 아쉬워 울었지요

음력 보름밤 달님은 외톨이
눈보라처럼 지는 벚꽃 꽃그늘에
고향에서 멀리 있는 누님
저는 외톨이가 됐지요

시집가는 누님오무라 하루에을 그리워하고 애석해 하는 남동생의 마음이

(좌) 1930년 이전, 청년 시기의 오무라 슈케.
(우) 난텐도쇼보의 옛 모습, 1920~1930년대 사이로 추정됨.

담긴 동요로 지금까지도 많은 이들의 사랑을 받고 있습니다.

곽형덕 선생님 아버지께서는 도요대학東洋大學을 나오신 것으로 알고 있습니다. 당시 어떤 분위기의 대학이었나요?

오무라 마스오 아버지는 1923년에 소학교 훈도를 하다 퇴직하고, 도요대학 전문부 동양문학과에 입학했습니다. 전문부는 2년입니다. 도요대학 주변은 당시 아나키스트들의 집결지였다고 해야 할까요. 도요대학 앞에 책방이 있고 2층이 카페와 레스토랑이 있었는데 그곳이 아버지의 아지트였습니다. 도쿄 분교구 하쿠산白山에 있던 난텐도쇼보南天堂書房입니다. 2층은 카페 겸 레스토랑에는 오스기 사카에大杉栄, 이토 노에伊藤野枝, 쓰보이 시게지壷井繁治, 오노 도자부로小野十三郎 등의 아나키스트, 다다이스트, 니힐리스트 등 전위예술파가 드나들었던 아지트로 알려져 있습니다. 베스트셀러로 유명한 하야시 후미코林芙美子의 『방랑기放浪記』 출판 기념회가 열리기도 했던 곳입니다. 『방랑기』에는 제 아버지를 모델로 한 인물도 등장합니다. 아버지도 아나키스트였습니다. 나중에는 자민당을 지지했지만 청년 시절에는 그랬습니다.

곽형덕 아나키스트에서 자민당 지지자로의 변화만큼이나 선생님의 아버지께서는 파란만장한 역사의 한복판을 사셨던 것 같습니다.

오무라 마스오 아버지가 쓴 20살 무렵의 초기 시를 보면 청년다운 감각으로 사회를 비판하는 내용이 많습니다. 아버지는 평생 그걸 감추려 하셨습니다. 제가 몇 편 찾아내서 보여드리면 싫어하셨고요. 20살 무렵 아버지는 징병검사를 받았습니다. 군대에 가기 싫으셨는지 간장을 계속 먹어 얼굴을 새하얗게 만들고, 시력을 일부러 나쁘게 만들었다고 하더군요. 자세한 사정은 모르지만 아버지는 군대에 가는 일 없이 종전을 맞았습니다.

곽형덕 아버님께서는 어떤 일을 해서 가족을 부양하셨나요?

오무라 마스오 아버지는 대학을 나온 후 한동안 제대로 된 직장에 취직하지 않고 시인연하며 노셨습니다. 술과 여자는 멀리 하셨습니다. 술은 드시지 못했어요. 놀았다는 것은 조금 다른 의미입니다. 아버지는 1930년대 이후 크게 활약했습니다. 제대로 된 직장에 들어간 것은 아버지가 36살이 되던 1936년으로 제국축음기주식회사帝國蓄音機株式會社 문예부 촉탁직을 얻었습니다. 태평양전쟁 중 영어 사용이 금지되어 콜롬비아나 킹레코드 등은 이름을 바꿔야 했지만, 아버지가 일했던 '데치쿠'는 제국축음기주식회사의 약칭이라서 그대로 이름을 사용했습니다. 다만 한자로 데치쿠帝蓄라고 쓰면 됐다고 하더군요. 데치쿠에서도 월급은 뜻한 만큼 들어오지 않았던 것 같습니다. 그래서 어머니가 어쩔 수 없이 집안에서 값이 나가는 것을 들고 전당포를 드나들었습니다. 전당포 주인과 아버지는 사이가 좋아서 나중에는 전당포집 아들의 취직 자리까지 알아봐주셨습니다. 아버지는 1939년에 월간 잡지인 『시와 미술詩と美術』의 편집 겸 발행인이 됐고, 1944년에는 도메이통신사同盟通信社 경제국 산업부에서 일합니다. 물론 정사원은 아니었지만요. 문학 쪽을 지망했지만 상황이 상황이다 보니 경제국 쪽에서 일을 했습니다. 종전 후에는 도쿄타임즈에서 일하셨습니다. 아버지는 문학자 동료들과의 친분을 통해서 신문 발행 부수를 비약적으로 늘렸습니다. 아버지와의 친분으로 시작된 하야시 후미코, 사토 하치로의 연재물은 큰 인기였습니다. 1964년 60

살에 도쿄타임즈를 정년퇴직 후 스포츠타임즈 사장이 됐지만 1년 만에 그만두고, 도쿄타임즈의 화랑을 경영합니다. 하지만 그 화랑도 곧 문을 닫았고요. 실로 다방면에서 활약했던 셈입니다. 아버지는 전형적인 쇼와昭和시대의 아버지였습니다. 쇼와시대는 1926년부터 60여 년 지속된 기간을 뜻합니다. 쇼와시대의 아버지는 가부장적인 권위를 지닌 존재로 집안일보다는 집밖에서 회사 생활을 더 우선시했습니다. 가정보다는 일에 푹 빠져서 지내셨던 셈이죠.

곽형덕 선생님께서 문학에 관심을 품게 된 것도 아버지의 영향이 조금은 있을 듯합니다. 소명출판에서 나온 오무라 마스오 저작집 1권 『윤동주와 한국 근대문학』2016에 「나의 8·15」라는 글이 실려 있습니다. 선생님께서 유년 시절을 기록한 몇 안 되는 글인 것 같습니다. 이 글은 "1945년 8월 15일, 미야기현 나루고마치鳴子町에서 집단소개集團疏開 생활을 하고 있던 나는, 그날 열이 40도로 올라 의식이 혼미한 상태였다"로 시작됩니다.

오무라 마스오 그 무렵 가족은 뿔뿔이 흩어지게 됐습니다. 아버지는 도메이통신사 근무대勤務隊로 나가노현으로 갔고, 장남인 오무라 준조大村淳三는 해군병학교海軍兵学校(1876~1945), 일본제국 해군 장교를 육성하는 교육기관에 갔습니다. 둘째 형인 오무라 유키오大村幸夫는 어머니를 도와 농사를 지었고, 셋째인 저는 당시 소학교 6학년 무렵이었는데 미야기현으로 소개疏開됐습니다. 큰 형은 전쟁에는 가지 않았습니다. 졸업하기 전에 종전을 맞이해 전쟁을 피할 수 있었어요. 제 이상한 성격이 만들어진 것은 소개 때의 경험 때문입니다. 소개에는 연고소개緣故疏開와 집단소개集團疏開 두 가지가 있습니다. 연고소개는 친지나 지인의 집으로 소개를 가는 것이고, 집단소개는 학교단위로 소개를 해서 학동소개学童疎開라고도 불립니다. 미야기현으로 소개된 것은 1945년입니다. 제 두 번째 소개 체험이었어요. 첫 번째 소개는 소학교 5학년이었던 1944년에 다섯 달 정도 가 있었던 야마나시에서의 연고소개입니다. 그러다 사정이 생겨서 아버지의 친가로 가게 됐는데 거기에는 큰아버지의 자식들이 와 있었습니다. 사촌 3명과 함께 생활했는데 팔이 안으로 굽는다고 하죠? 사촌과 함께 지내며 여러모로 힘든 일을 겪었습니다. 자기 아이와 조카는 다를 수밖에 없죠. 그곳에서 견딜 수 없어져서 도쿄로 돌아왔습니다. 이후에 집단소개를 합니다. 도호쿠 미야기현 나루코온천鳴子温泉에서 14개월을 지냈습니다. 지금은 관광지로 풍광이 좋은 곳이지만 당시에는 벽촌이었습니다. 온천장을 빌렸는데 제대로 된 의자나 테이블도 없었어요. 그곳에서 공부를 하고 식사를 했습니다. 5학년 때 소개를 해 6학년에 돌아왔습니다. 5학년 때 제가 반장을 맡았습니다. 6학년 선배가 아니라 제가 반장을 맡은 것은 선생님의 지시였어요. 반장이었지만 저는 친구들 사이에 들어가지 못하고 겉돌았습니다. 부모님들이 아이들에게 먹을 것 등을 소개된 곳으로 보냈다고 하는데 나중에 알고 보니 전부 몰수됐다고 하더군요. 부모들이 공기 주머니 안에 과자를 숨겨서 보냈지만 모두 적발되는 등 규제가 엄격했습니다. 나눠 먹는다는 구실로 압수를 했다고는 하는데 실제로 그렇게 했는지는 잘 모릅니다. 소개 당시에 제대로 된 식사를 하지 못했지만 기록하는 습관이 있어서 당시 있었던 모든 일을 모두 적어놨습니다. 끼니마다 주식은 쌀밥이 섞인 한 공기 분량의 감자였고, 반찬은 오이장아찌 아니면 가지무침 두 쪽이라 모두 배가 고파서 영양실조 상태였습니다. 그런 상태에서 하루 일과와 식사 등을 전부 기록한 소개노트를 만들었는데 어찌된 영문인지 감쪽같이 사라졌습니다. 부모님께 물어보니 제가 당시에 쓴 소개노트를 어떤 의사에게 맡겨놨다고 하더군요. 그래서 의사 선생님을 찾아가 소개노트를 돌려달라고 했더니 그런 건 보관한 적이 없다고 하는 것이 아니겠습니까. 정말 낭패였지요.

곽형덕 선생님이 쓰셨다는 소개노트는 정말 아쉽습니다. 저도 어머니가 10년 넘게 쓰신 일기장이 거의 다 사라져서 그걸 찾으려고 온 집안을 다 뒤집었던 경험이 있어서 그런지 어떤 기분이셨을지 짐작이 갑니다. 선생님 어머니께서 소개지까지 찾아오셨다고 했는데, 어떤 분이셨나요?

오무라 마스오 밝고 활기찬 성격이셨습니다. 제가 소개되어 있을 때 추첨으로 세 달에 한 번 7명 정도의 부모가 뽑혀서 소개지까지 왔습니다. 저는 전쟁 막바지에 추첨에 뽑혀서 어머니가 소개지까지 오셨습니다. 어머니가 인사를 하시며 노구치 우조의 노래를 불렀습니다. 저는 창피해서 어쩔 줄 몰랐지만요. 인사 대신에 동요를 부르는 것이 상황에 맞지 않다고 생각했습니다. 부모님과 함께 자도 된다고 해서 오랜만에 어머니와 같은 침상에서 잤습니다. 어머니가 그때 몰래 숨겨두고 있던 빈대떡을 주셔서 허겁지겁 먹었는데 바로 설사를 했습니다. 설사를 하며 먹은 게 아깝다는 생각이 들었을 정도로 배가 고팠습니다. 소개를 하는 동안 학생들은 공부와 함께 밭일을 해야 합니다. 도호쿠대학에 가서 밭을 만들었습니다. 밭일보다 더 험한 일을 공장에 가서 하기도 했는데, 어느 날인가 미군 공습 때 제가 일하던 공장에서 사람들이 많이 죽었습니다. 저희가 살았던 도쿄 집은 불에 탔습니다. 고이시카와구 오쓰카에 있던 집은 변전소 근처라서 같은 구의 다른 지역으로 이사를 했는데, 1945년 5월 집은 전소됐습니다. 그때 장남인 준조는 해군병학교에 있었고, 저는 집단소개, 여동생인 요시코는 연고소개 중이었습니다. 심장과 신장이 약했던 어머니는 엄혹한 시기를 견디지 못해 전쟁이 끝난 후 1년 반 만에 돌아가셨습니다. 전쟁 때 했던 방공연습이 악영향을 끼쳤던 셈이죠. 제가 그 무렵 어머니 치맛자락을 붙잡고 다녔다고 하더군요. 어머니는 저를 한 번도 때리신 적이 없습니다. 아버지는 바깥으로만 도셨는데 집에 오시는 날이면 무서워서 숨이 멎을 정도였습니다. 어머니가 돌아가신 건 제가 중학교 1학년 때입니다. 어머니가 돌아가신 후 새 어머니가 왔습니다. 아버지가 일본음악저작권협회에서 일하셨는데 그곳의 사무원과 재혼을 한 겁니다. 아버지는 여자들한테 인기가 많았습니다. 형제들 중에서는 저만 새어머니와 잘 지냈습니다. 두 형과 여동생은 새어머니랑 사이가 좋지 않았습니다. 나중에 새어머니가 병에 걸리니 모두 요양원에 보내라고 하더군요. 저와 아내가 새어머니를 모셔와서 마지막을 함께 하려 했지만 시간이 허락하지 않았습니다. 아버지는 말년에 아프셔서 말도 제대로 못하셨습니다. 임종하실 때는 "고맙아리……"까지만 겨우 말씀하시더군요. 저는 아버지가 임종하시며 하시는 말씀이라고 생각하지 않고, 어디에 '개미'가 있나라고 생각하며 병실 밖으로 나갔습니다. 아리蟻는 개미라는 뜻도 있습니다. 아버지가 돌아가실 것이라고는 상상도 해 본적이 없습니다. 1980년의 일입니다.

(상) 어머니, 오무라 구니에.
(하) 1970년대 초, 아버지와 함께 군마현 나가노하라(長野原)에서.

곽형덕 형제, 남매 사이는 어땠나요?

오무라 마스오 사이는 나쁘지 않았습니다. 제가 중학교 1학년 때 어머니가 돌아가셔서 남매끼리 생활을 해야 했습니다. 큰형인 오무라 준조大村淳三는 병치레가 잦았습니다. 해군병학교에 다녔는데 몸이 안 좋아져서 돌아왔습니다. 병명은 결핵입니다. 그 시절에는 지독한 병이었죠. 어머니가 약을 구하는 데 매우 고생을 했습니다. 미군을 거쳐 유통되어 고가인 데다 구하기도 쉽지 않던 시기였으니까요. 패전 직후 이야기입니다. 어머니가 사방팔방으로 약을 수소문해 구하면 제가 찾으러 갔습니다. 이케부쿠로로 찾으러 갔던 기억이 납니다. 큰형은 와세다대학 전기공학과 출신입니다. 스스로 라디오를 만들기도 하고 손재주가 좋고 머리가 영민했습니다. 여동생도 있습니다. 저하고는 각별했습니다. 무척 사이가 좋은 남매였습니다. 이름은 요시코喜子입니다. 몇 년 전에 세상을 떠났습니다.

곽형덕 김시종 시인이 쓴 에세이에는 '황국소년皇國少年'이었던 자신의 체험과 고백이 가득합니다. 일본제국이 전쟁에서 질 것이라고는 꿈에도 생각해 본 적이 없는 조선인 소년이 바로 김시종 소년이었는데, 선생님 또한 비슷한 체험을 하셨을 것 같습니다. 어떠신지요.

오무라 마스오 소학교에서의 추억은 소개한 것 외에는 강렬히 남아 있지 않습니다. 물론 저 또한 군국소년이어서 곧잘 군가를 불렀습니다. 군가라고 해서 하나같이 멸사봉공의 정신만 담고 있는 것은 아닙니다. 의외로 비판 정신이 살아 있는 것도 있어서 연구해 보면 재미있는 결론이 나오지 않을까 싶습니다. 이런 가사입니다. (선생님과 사모님이 노래를 합창하기 시작)

어제 태어난 새끼 돼지가
벌에 쏘여서 명예 전사戰死
돼지의 유골은 언제 돌아오나
4월 8일 아침에 돌아오지
돼지 엄마 슬프겠네

어제 태어난 새끼 벌이
돼지에게 밟혀서 명예 전사
벌의 유골은 언제 돌아오나
4월 8일 아침에 돌아오지
벌 엄마 슬프겠네

어제 태어난 문어 새끼가
총알에 맞아서 명예 전사
문어 유골은 언제 돌아오나
뼈가 없으니 못 돌아오지
문어 엄마 슬프겠네

전쟁에 가서 죽은 자식을 슬퍼하는 내용의 노래에요. 군국의 어머니는 죽음을 찬양하지만 이 노래에는 그런 일면적인 찬양이 아니라 풍자 정신이 넘칩니다. 문어 유골이 뼈가 없어 못 돌아온다는 구절이 특히 그렇습니다. 새끼 돼지, 벌, 문어는 징병된 군인을 뜻하고요. 이 노래는 지역에 따라서 가사를 바꿔서 여러 버전으로 불렸습니다. 전

쟁 말기는 학교 선생님도 징병이 돼서 출정을 갔던 시대였습니다. 물론 군가만 불렀던 것은 아닙니다. 동요도 곧잘 불렀습니다. 〈저녁노을 희미해지고夕焼け小焼け〉 같은 노래입니다.

저녁노을 희미해져 해가 지고
깊은 산 절에서 종이 울리네
손에 손을 맞잡고 다 같이
돌아가자
까마귀와 함께 돌아가자

아이들이 돌아가고 난 뒤에는
둥그렇고 커다란
달님
작은 새가 꿈을 꿀 무렵
하늘에는 반짝반짝 금빛 별

패전한 날에 소개지에서 공포의 대상이었던 무서운 선생님이 우시면서 "일본은 졌어. 너희들이 장성해서 원수를 갚아다오!"라고 하셔서 마음 깊이 감동을 했던 기억이 납니다. 전쟁 때 국채 매입을 놓고 부모님이 싸우셨던 것도 기억에 선명합니다. 어머니는 당시 마을의 반장이라 국채를 조금이라도 사야했는데 아버지는 그런 것에는 1엔도 내고 싶지 않다고 해서 싸움이 난 겁니다. 국채를 둘러싸고 부모님의 싸움은 좀처럼 그치지 않았습니다. 공습으로 집이 다 타 버지자 국채는 종잇조각이 되어버렸습니다. 서민들은 전쟁만 아니라면 종잇조각이 되어버린 국채를 돌려달라고 국가를 상대로 손해배상을 하고 싶은 심정이었을 겁니다.

곽형덕 선생님은 아버지의 문학전집을 4권 출간하셨고, 최근에는 2권의 보유補遺도 내셨습니다. 보유 첫 번째 권은 제가 2013년쯤 편집을 해서 홍익대학교 앞에 있는 인쇄소에서 제본을 해서 가져다드렸던 기억도 납니다.

『오무라 슈케 전집』 1~4(緑蔭書房, 2007).

오무라 마스오 『오무라 슈케 전집』은 제가 편자지만, 사남매가 합심해서 냈습니다. 아버지가 남긴 글을 거의 다 모았습니다만, 미처 구하지 못해 빠뜨린 것도 물론 있습니다. 일본에서 문학자의 개인 전집을 내는 일은 갈수록 어려워지고 있습니다.

곽형덕 선생님은 40도가 넘는 고열 속에서 '옥음방송玉音放送'쇼와 천황이 무조건 항복을 알리는 「대동아전쟁 종결의 조서」를 읽은 라디오 방송을 들으셨다고 했는데, 전쟁 이후 선생님의 학창 시절은 어떠셨는지요?

오무라 마스오 좋은 일은 그다지 없었습니다. 식량 배급이 중학생 때까지 있었습니다. 도시락을 가져올 수 있는 아이와 그렇지 않은 아이가 있었습니다. 분쿄구文京区에 있는 도쿄고등사범학교東京高等師範学校

부속 중학교에 다녔습니다. 4층 건물이 전쟁으로 타버려서 위에 비닐을 씌워서 임시 교실에서 수업을 받았습니다. 계단은 파괴된 그대로였습니다. 그게 제 중학교 시절입니다. 오차노미즈여자대학 옆에 집이 있었지요. 교실 창문에서 어머니가 뭘 하시는지가 보일 정도로 중학교는 가까웠습니다. 교복을 살 돈이 없어서 곤란했어요. 할 수 없이 큰형의 해군 제복을 고쳐 입고 학교에 갔습니다. 이 중학교에서는 도쿄교육대학東京教育大学, 도쿄고등사범학교는 1949년에 도쿄교육대학으로 바뀌었음에 들어갈 수 있었습니다. 나오면 바로 고등학교 선생님이 될 수 있어서 지방에서 많은 학생들이 진학을 했습니다. 제가 나온 중학교는 현재 쓰쿠바대학 부속중학교로 이름이 바뀌었습니다.

청년기의 활동상

곽형덕 이후 와세다대학에 입학하셨는데 당시의 상황을 듣고 싶습니다.

오무라 마스오 저는 같은 반 친구 대부분이 지망하는 도쿄교육대학이 아니라 다른 대학을 지망했습니다. 당시에도 공부를 가장 잘하는 학생은 도쿄대학에 갔고, 그다음이 와세다대학이나 릿쿄대학이었습니다. 도쿄고등사범에 가는 학생은 반에서도 무시를 당했습니다. 대부분 시골 출신이었습니다. 제가 와세다대학 정치경제학부에 간 것은 아버지의 영향이었습니다. 당시에는 정경학부 내에 정치과, 경제학과, 신문과, 자치행정과 이렇게 네 개의 학과가 있었습니다.

중학교 입학 사진. 앞줄 오른쪽에서 7번째가 오무라 마스오, 그 뒤가 어머니 오무라 가즈에.

사토 하치로(앞줄 왼쪽에서 세 번째)와 함께 한 목요회 사진.
앞줄 왼쪽에서 두 번째가 오무라 마스오(사진 = 오무라 마스오).

아버지는 저를 신문과에 보내고 싶어했지만 저는 신문기자가 되기 싫어서 정치학과에 들어갔습니다. 와세다대학에는 재수를 해서 들어갔습니다. 고등학교 내내 입시 공부를 게을리했는데, 도쿄대학 독문학과에 원서를 내서 떨어지는 바람에 재수를 하게 된 겁니다. 독문과에 들어가려고 했던 것은 헤르만 헤세의 작품을 원서로 읽고 싶어서였습니다. 고등학교 시절에도 동인지를 냈습니다. 동인은 3명이었습니다. 쓰루미 마레스케鶴見希典, 쓰루미 슌스케의 동생, 사토 하루오의 아들인 사토 호사이佐藤方哉, 오무라 마스오 이렇게 셋입니다. 사토 호사이는 나중에 게이오대학 문학부 교수가 되고 행동분석학을 합니다. 사토 마사야로 더 많이 알려져 있고요. 마루야마 게자부로丸山圭三郎라고 나중에 언어학자가 되는 친구도 있었습니다. 『세세라기せせらぎ』라는 동인지였습니다.

곽형덕 대학 시절 『세세라기』 외에도 예전에 보여주셨던 『ARUKU』일본어로 걷다라는 뜻임라는 동인지도 하셨었죠?

오무라 마스오 …… 대학생 수준에서 냈던 와세다대학 정경학부 M클래스의 동인지입니다. 당시 일본 사회의 정세나 사회에 대해서 대학생 나름의 견해를 밝힌 정도에요. 대학에 들어가서는 연구회에 두 곳에 들어갔습니다. 동요연구회, 중국연구회. 동요연구회에 들어가서는 일주일에 한 번 사토 하치로佐藤八郎 선생님 집에 모였습니다. '목요회木曜会'였던 걸로 기억합니다. 사토 선생님은 『목요수첩木曜手帖』이라는 문예지를 월간으로 냈습니다. 거기서 제가 쓴 동요 등을 모아서 책으로 내려고 했던 적도 있습니다. '목요회'에 작품을 써 가면 하치로 선생님이 고쳐줍니다. 사토 선생님은 아버지 지인이고 마침 집

『ARUKU』(연도 불명, 1953년이나 1954년도로 추정됨).
표지를 보면 M클래스 동인지임을 알 수 있다.
오무라 마스오는 「부자는 적고 가난한 자는 많다」를 썼다.

도 가까워서 목요회에 나갔던 겁니다. 사토 선생님은 인생을 엉망진창으로 살았던 사람입니다. 동요를 만들었지만, 그것과는 다른 삶을 살았습니다. 동요작가라면서 아이가 시끄럽다고 물건을 던져서 소송을 당한 적도 있습니다. 첩까지 두고 본처와 함께 살았던 그런 분이지만 좋은 동요를 썼습니다. 작품 세계와 실생활의 차이가 무척 컸던 작가였습니다.

곽형덕 중국연구회 쪽은 어떠셨나요?

오무라 마스오 …… 1학년 여름방학1953 때부터 중국연구회에 다니기 시작하면서 중국에 빠져들었습니다. 동인지 『ARUKU』를 낸 것은 2학년 무렵이었습니다. 『ARUKU』는 제게도 잔부가 거의 없지만 몇 호 내지 못하고 폐간됐습니다. 당시 저는 대학에 강한 환멸을 느끼고 있었습니다. 그 환멸 속에서 안도 히코타로安藤彦太郎 선생님을 만나면서 중국으로 눈을 돌렸습니다. 안도 선생님 수업에서 중국 근대사를 공부하면서 인도나 조선에도 관심을 가지기 시작했습니다. 인도에는 역량이 미치지 못했고, 조선이라면 일본과의 과거사도 그렇고 중국과도 뒤얽혀 있는 관계이기에 관심은 점점 깊어갔습니다. 중국연구회 활동도 열심히 했으나 1957년 무렵에는 우선 조선어를 배워야겠다는 생각이 들었던 겁니다.

곽형덕 1953년에 한국전쟁 정전협정이 맺어집니다. 한국전쟁을 선생님은 어떻게 인식하고 계셨나요?

오무라 마스오 한국전쟁이라는 용어를 저는 쓰지 않습니다. 조선전쟁은 신문으로는 알고 있었지만, 특별히 제 삶을 바꿀 정도의 인식은 없었어요. 전쟁이 빨리 끝나기를 바란 정도입니다. 그런 면에

1962년 4월 24일, 와세다대학 중국연구회.
앞줄 중앙에 안도 히코타로, 그 왼쪽 뒤 미야타 세쓰코. 뒷줄 왼쪽 네 번째가 오무라 마스오.

서 김시종 시인과는 많이 다릅니다. 재일조선인과는 많이 달랐다고 할 수 있습니다. 당시 조선은 제 인식의 영역 안에 없었습니다. 관념적인 것으로 알고 있던 정도죠. 중국학을 하려고 마음을 먹었습니다. 지금 생각하면 우스운 일이지만 중국에 관해서라면 학부생 수준에서는 많이 알고 있다고 자부했었습니다.

곽형덕 선생님과 사모님이 만나신 것은 1958년 조선총련 학생동맹 야학에서인 것으로 알고 있습니다. 사모님은 오사카에서 태어나신 것으로 아는데, 두 분이 어떻게 도쿄에서 만나신 걸까요? 그 경위를 듣고 싶습니다.

오무라 아키코 5살 무렵이에요. 아버지가 일본공산당 활동을 하다 감옥에 가셨어요. 아버지가 감옥에 가시니 생활은 말이 아니었어요.

아버지 뒷바라지를 해야 해서 오사카 이카이노猪飼野에서 도쿄 아라카와구荒川区로 오게 된 거죠. 제가 1938년 9월생이니 1943년 무렵의 일입니다. 아버지가 투옥되어 계시니 이사를 갈 수밖에 없었어요.

오무라 마스오 제가 조선인 친구의 도움으로 도쿄 시나노마치信濃町에 있는 조선회관에 간 것은 1957년 연말입니다. 조선총련 청년동맹이 주최하는 청년학교가 개교를 해서 거기서 조선어를 배우려 했어요. 이후의 상황은 다른 대담에서 몇 차례 말씀드렸으니 생략을 해도 될 듯합니다. 조선어를 배우는 건 쉽지 않았습니다. 모두가 조선인인데 일본인이 껴 있으니 간첩으로 의심을 받았습니다. 조국 '복귀운동'이 한창일 때라 열기가 넘치던 시기였습니다. 청년학교에서는 좀처럼 친구가 생기지 않았습니다. 본명을 이야기해도 통명인줄 알고 좀처럼 인정해주지 않았고요. 도무지 믿으려 들지 않더군요. (웃음) '오무라'가 진짜 이름이라는 것이 알려지자 괴짜 취급을 받기도 했습니다. 나중에는 저를 걱정해주는 친구도 생겼습니다만 처음에는 그랬어요. 근대 중국문학에 관한 석사논문을 쓰면서 주 3회 있었던 조선어 수업을 한 번도 빼먹지 않고 갔습니다. 아내를 만난 것도 그곳에서였죠.

곽형덕 저는 사모님이 오사카에서 계속 사시다 선생님과 결혼하며 도쿄로 오신 줄로만 알았습니다.

오무라 아키코 (사진을 한 장 꺼내며) 도쿄에서 살기는 했지만 오사카와의 연은 계속 됐어요. 최근 책장을 뒤지다 김시종 시인이 증정한 『일본풍토기日本風土記』1957 시집 속에서 귀국선에 탄 백우승白佑勝의 사진이 나왔어요. 사진 중앙에 있는 사람이 백우승이에요. 『새조선』의 편집장이었고 김시종 시인의 둘도 없는 친구였어요. 둘은 정말 각별했어요. 그는 귀국사업이 시작되자 가족을 데리고 평양으로 갔어요. 그가 귀국선에 타기 전에 오무라와 함께 만났습니다. 나중에 들리는 소문으로는 탄광에 들어갔다고 해요. 탄광 일을 버틸 만한 몸이 아니었는데……. 이 사진은 『청동青銅』을 발행한 청동사 간판 앞에서 찍은 사진입니다. 청동사는 조선총련의 압박으로 얼마가지 않아 문을 닫지만요.

곽형덕 보여주신 청동사 시기의 김시종 시인 사진은 확인해 보겠습니다. 선생님께서는 '귀국 / 북송사업'에 대해서는 어떻게 생각하셨나요?

오무라 마스오 …… 일본인인 제가 할 말은 별로 없습니다. 다만 이제 와서 귀국사업을 모든 악의 근원처럼 이야기 하는 것에는 동의할 수 없습니다.

곽형덕 선생님 부친께서는 히가시야마나시東山梨 마키오카牧丘에서 태어나신 후, 도쿄 분쿄구文京区 혼고本郷에 자리잡으신 것으로 알고 있습니다. 선생님께서는 1961년에 결혼하신 후 어디에서 사셨나요?

오무라 마스오 도쿄 가쓰시카구葛飾区 신코이와新小岩에서 10년 넘게 살았습니다. 개인 주택이었어요. 신코이와는 지바와 가깝습니다.

오무라 아키코 당시 신코이와는 서민들이 사는 곳이었어요. 대학교수가 이사를 왔다고 이웃 사이에서 화제가 됐어요.

곽형덕 이 무렵 몇 번인가 이사를 다니셨던 것 같습니다.

오무라 마스오 1961년 가나가와현神奈川県 현립 가미미조고등학교上溝高等學校에서 가르치기 시작했습니다. 가족을 먹여 살리기 위해서였어요. 가나가와현 사가미하라시相模原市에 살다가, 1965년에 신코

1950년대 말 청동사 앞. 마주보고 맨 오른쪽이 김시종 시인, 그 옆이 강순희 여사. 백우승은 앞줄 왼쪽에서 세 번째다. 이 사진은 대담 과정에서 처음으로 세상에 공개됐다.

이와로 이사를 했습니다. 1977년에는 지바현 산부군山武郡 오아미시라사토쵸大網白里町로 갔습니다. 현재는 오아미시라사토시大網白里市입니다. 1984년에 이곳지바 이치카와시 이치카와오노에 정착했습니다. 자연이 아름다운 곳입니다. 저희 가족이 정착할 때는 주변에 밭밖에 없었는데 이제는 마을이 꽤 커졌습니다.

[illegible] 참관 수업 등이 많습니다. 자제[illegible] 참관 수업 등도 많았을 것 같습니다. 참관 수업에 가시는 선생님 모습이 저는 잘 상상이 안 됩니다.

(웃음)

오무라 마스오 …… 그렇습니까. 부모 참관 수업에는 여러 번 갔습니다.

가미미조고등학교에서 학생들과.

오무라 아키코 선생님이 부모 참관 수업만 다녀오면 아이들이 울상이었어요. (웃음) 참관 수업은 말 그대로 참관을 하는 건데 선생님이 손을 들고 발언을 하니까요. 수업 내용에 유럽만 있고 아시아가 없다고 아이 선생님에게 따졌던 거죠. 자식들이 "아버지 제발 그만하세요"라고 부탁을 할 정도였어요. 하지만 나중에 그 수업을 했던 선생님과 친해졌어요. 선생님을 저희 집으로 초청해서 술을 대접하기도 했어요.

일본조선연구소 활동에서 중국 방문까지

곽형덕 선생님의 1960년대 이력 중에서 일본조선연구소日本朝鮮研究所 활동은 큰 비중을 차지하는 것 같습니다.

오무라 마스오 학부 시절, 이다바시飯田橋에 있는 일중학원日中学院에서 매주 중국어를 배웠습니다. 1951년에 일중학원을 설립한 구라이시 다케시로倉石武四郎나, 하세가와 료이치長谷川良一, 다케우치 미노루竹内実가 강사진이었습니다. 다케우치 미노루는 나중에 도립대학의 교수가 되지만, 다케우치 요시미竹内好 선생님과 사이가 틀어져서 [illegible]토대학으로 갔어요. 안도 히코타로 선생님도 일중학원에 깊이 관[illegible]했습니다. 2010년에 돌아가셨을 때 『일중학원보』에서 특집 편성을 [illegible]다. 1961년 일본조선연구소가 발족할 때 안도 선생님도 초기 멤버였습니다. 데라오 고로寺尾五郎가 중심인물입니다. 안도 선생님은 중국 전문가이지만 당시 조선학이 전무한 상태라는 상황 인식에 공감해

문 앞의 다케우치 미노루와 그 뒤의 다케우치 요시미(사진 = 오무라 마스오).

서 설립 멤버가 됐습니다. 사회당 의원이었던 후루야 사다오古屋貞雄도 참여했습니다. 교수나 정치가 외에 젊은 학생들이 있었습니다. 일본조선연구소는 1980년대에 '현대코리아연구소現代コリア研究所'로 이름을 바꿉니다. 연구소는 초심에서 벗어나 반反공화국으로 기울어 갔어요. 설립 취지와는 맞지 않는 행보였던 셈입니다.

곽형덕 선생님은 연구소에서 어떤 위치셨나요?

오무라 마스오 저는 그 안에서는 소수파였습니다. 미야타 세쓰코宮田節子나 강덕상姜德相도 있었습니다. 미야타 세쓰코는 1959년 조선사연구회 창립 멤버입니다. 저는 조선어부터 배우자는 어학파였습니다. 이들은 투쟁 쪽에 관심이 많아서 요코타기지橫田基地 건설 반대 시위 등에 적극적으로 참여했습니다. 미야타 씨는 조선어를 그렇게 잘 하지 못했어요. 이들은 초기에 일본어 문헌을 중심으로 연구를 했습니다. 조선어 자료는 거의 쓰지 않았을 겁니다. 그런 연구 방식에 저는 반발심이 있었습니다. 여러 이유로 저는 일본조선연구소를 별로 좋아하지 않았습니다. 재정이 좋지 않아서 라면 가게 위층을 사무실로 썼는데 장소가 좁아서 어학강습회도 간신히 열 정도였습니다. 조선어 중급을 저는 가르쳤습니다. 처음에는 사람이 많이 와도 얼마 안 가서 줄어듭니다. 2명만 남았던 경우도 있습니다. 돈을 여러 군데에서 모아서 더 좋은 사무실로 옮겼습니다. 미야타 씨가 돈을 꽤 많이 냈습니다.

곽형덕 선생님 말씀을 듣고 있으면 도쿄도립대학 대학원 시기의 스승인 다케우치 요시미의 영향보다도 와세다대학의 스승인 안도 히코타로라는 존재는 역시 거대한 것 같습니다.

오무라 마스오 1957년일 겁니다. 대학원에 진학한 후 잠시 멀어졌습니다. 박사 과정을 마친 다음해인 1963년부터 와세다대학 어학교육연구소에서 시간강사로 일하게 되면서 안도 선생님과 다시 가까워졌습니다. 같은 해에는 중국대외문화협회 방일대표단 대표인 차이즈민蔡子民을 안도 선생님과 함께 맞이하기도 했습니다. 1967년에는 방중대표단의 일원으로 안도 선생님과 함께 베이징을 방문했습니다. 하지만 문화대혁명文化大革命 시기라 만리장성 등의 명승지는 갈 수 있었지만, 숙소인 북경반점北京飯店 밖을 자유롭게 나갈 수 있는 상황이 아니었습니다. 밤이 되면 숙소 밖에서 커다란 소리가 들리기도 하는 등 험악한 분위기였던 것이 지금도 기억납니다. 그때 기념으로 받은 배지가 있습니다.

곽형덕 (배지를 받아들고) 반세기가 넘은 배지네요. 배지 앞면에는 '일중 양국 인민 전투의 우의 만세!日中两国人民战斗的友谊万岁!', 뒷면에는 '1967년 마오쩌둥 저작 어언 연구가 일본대표단1967年毛澤東著作語言研究家日本代表團'이라고 새겨져 있습니다. 마오쩌둥 저작 연구 일본대표단 자격으로 중국에 들어가신 건가요?

오무라 마스오 모양새는 그렇습니다. 안도 선생님은 문화대혁명文化大革命을 끝까지 지지했습니다. 대부분의 일본 지식인들이 등을 돌렸던 것과는 대조적이에요. 많은 동지와 제자가 안도 선생님 곁을 떠나갔습니다. 저도 중국의 실상을 보며 문화대혁명을 점차 비판적으로 바라보기 시작했고요. 그런 와중에 제가 중국학에서 조선학으로 나아갔으니 안도 선생님은 더욱 쓸쓸하셨을 겁니다.

곽형덕 1960년대에서 1970년대로 넘어가는 길목에서 중국의 문

(상단 우) 1967년 중국 베이징 방문 당시.
(상단 좌) 배지의 앞면과 뒷면.
(하) 중국대외문화협회 방일대표단 차이즈민을 [팰]리스호텔에서 맞이한 와세다대학 중국어 교원. 왼쪽부터 니지마 아쓰요시, 로가쿠 쓰네히로, 안도 히코타로, 차이즈민, 오무라 마스오, 요코야마 히로시.

화대혁명과 한일회담은 일본 지식인들에게도 큰 영향을 끼친 것 같습니다. 당시 스승이었던 다케우치 요시미 선생님께서는 일본조선연구소의 활동을 어떻게 바라보셨나요?

오무라 마스오 다케우치 선생님은 일본조선연구소를 비판적으로 바라봤습니다. 선생님은 공산당을 싫어했던 분입니다. 연구소의 중심인물인 데라오 고로는 공산당 계열입니다. 선생님은 1960년에 안보투쟁 와중에 대학을 떠납니다. 공무원이라 그만둔 겁니다. 기시 노부스케 밑에서는 일할 수 없다고 생각한 거죠. 급료를 못 받게 되어 번역이나 평론을 써서 먹고 살았습니다. 편한 생활은 아니었어요. 대학을 그만두고 싶어하던 찰나에 안보투쟁이 일어났던 셈입니다. 안 그래도 그만두고 싶은데 멋지게 그만둘 수 있었던 거죠. 조직에서 일할 수 있는 분은 아닙니다. 오다 마코토와도 친했고 진보적인 지식인과는 널리 교류했습니다. 다케우치 고우통명의 제자 중에서 조선학으로 나아간 것은 제가 처음입니다.

곽형덕 방향을 조금 바꿔서 선생님이 조선어를 배우기 시작하신 1958년 즈음으로 이야기를 돌리고 싶습니다. 당시 조선총련은 선생님께 어떤 곳이었나요? 일본조선연구소와 관련지어서 말씀해주셔도 좋을 듯합니다.

오무라 마스오 대학에 들어간 직후 무렵, 조선은 제 시야에 없었습니다. 중국에 대해서는 대학생 나름으로는 꽤 열심히 공부했었죠. 중국을 공부하니 아시아가 보였고, 제 관심은 점차 조선으로 향해 갑니다. 하지만 당시 조선어를 제대로 가르쳤던 대학은 덴리대학天理大学뿐이었습니다. 오사카외국어대학에도 강좌가 개설되어 있었던 것 같은데, 도쿄외대에서는 배울 수 없었어요. 두 대학 다 간사이關西에 있어서 간토關東에서는 배울 곳이 없더군요. 그렇게 조선총련 학생동맹을 찾아가게 된 겁니다. 당시 재일조선인 사이에서는 조선어 학습이 장려됐습니다. 얼마 안 있어 공화국으로 돌아가야 한다고 생각하는 사람들이 많았던 시기니까요. 학생동맹에 찾아갔지만 학기 중에 찾아왔다는 이유로 거절을 당했고, 그다음 해에 찾아가니 또 알 수 없는 이유로 거절을 당했습니다. 제가 그래서 학생동맹이 아니라 청년동맹에서 조선어 초급 공부를 시작했습니다. 1958년, 도쿄도립대학 인문과학연구과 중국문학전공 석사 시절의 이야기입니다. 제 아내는 당시 중급반에 있었습니다. 조선어 수업은 레벨이 다르니 만날 수 없었습니다. 2콤마가 조선어, 1콤마가 음악, 1콤마가 역사여서 음악과 역사 시간에 처음 만나게 됐습니다. 역사와 음악 수업은 레벨과 상관없이 다 같이 들었습니다. 1콤마는 60분 수업을 말합니다.

곽형덕 조선어를 가르쳐주셨던 박정문 선생님은 어떤 분이셨나요?

오무라 마스오 박정문 선생님은 언어학자로서는 뛰어난 분이었습니다. 하지만 지나치게 학술적인 내용을 가르치셨습니다. 야학의 당시 학생들이 대부분 하루 종일 허리가 아플 정도로 일하고 수업을 들으러 온 것을 생각하면 그런 내용으로 괜찮은지 의문이 들 정도였습니다. 당시 와세다의 조선어 수업은 교직원을 대상으로 해서 시작됐습니다. 안도 선생님이 누군가 추천을 해달라고 해서 박정문 선생님을 추천해 초빙되셨습니다. 학생으로는 중국어 교수나 교육학 교수 등이 10명 있었습니다. 1961년 무렵의 이야기입니다. 10년 정도 계속됐지만 계속 쪼그라들었습니다. 초급 외에는 레벨이 없었기 때문입니다. 결국 학생이 2명만 남았습니다. 그중 한 명이 접니다. 계속 초급 수업을 들었던 겁니다. (웃음) 박정문 선생님도 점점 바빠져서 그만두셨습니다. 후임으로 조선총련의 조선신보사에서 강사가 왔지만, 일본인에게 조선어를 가르치는 것은 스파이를 만드는 것이라고 하며 그만두는 등 파란이 많았습니다. 초대한 측에서는 곤혹스러운 일이었습니다. 유학생동맹의 윤학준尹學準을 초빙한 후 활기가 넘치게 됩니다. 하지만 약간의 트러블도 있었습니다. 선생이 비상근 강사고, 학생이 교수인 기묘한 상황이었으니까요. (웃음) 윤학준은 그걸 대놓고 이야기 했습니다. 다행히 것은 윤학준이 호세대학 전임으로 갔습니다. 윤학준이 와세다에서 가르칠 때 시라카와 유타카白川豊나, 와코대학 학생 등이 들으러 왔습니다. 당시 윤학준을 중심으로 해서 한 달에 한 번 가지이 노보루梶井陟, 다나카 아키라田中明, 다나카 메이라고도 부른다 등과 함께 그의 집을 찾아가서 연구회를 했습니다.

곽형덕 조금 난감한 상황이셨을 것 같습니다. 1950년 말에 선생님은 조선총련을 어떻게 생각하셨나요?

오무라 마스오 1950년대는 지금과는 많이 다른 세상입니다. 그 당시는 조선총련이 정당하다고 생각했던 사람이 많았던 시절입니다. 1965년까지는 그랬습니다. 한일협정 반대투쟁 데모에 저는 한 번도 가지 않았지만, 일본조선연구소 회원들은 그 무렵 그로 인해 무척 바쁘게 지냈습니다. 그 무렵 저는 가나가와 현립 가미미조고등학교上溝高等學校에서 교편을 잡고 있었습니다. 도쿄도립대학 인문과학과 박사과정에 입학한 것은 1959년입니다. 박사과정을 하면서 고등학교 선생님을 하며 돈을 벌었습니다. 저는 일본조선연구소가 현대코리아

(상) 제48회 마이니치출판문화상(每日出版文化賞, 1994) 시상식장. 장려상을 수상한 임전혜(사진 중앙)를 축하하러 간 자리로, 윤학준(임전혜 옆) 뒤가 오무라 마스오.
(하) 와세다대학 최종 강의, 왼쪽부터 다나카 아키라, 그 옆은 김윤식 부부.
'조선문학의 모임' 멤버였던 다나카의 모습을 확인할 수 있는 몇 장 안 되는 사진 중 하나이다.

야스이 가오루(1907~1980).

연구소로 바뀌기 전에 나왔습니다. 후일 현대코리아연구소는 완전히 반소련 단체로 바뀝니다. 다나카 아키라나 사토 가쓰미佐藤勝巳 등이 중심이 되어 북의 납치문제를 시작으로 해서 공화국을 매도하는 조직이 된 것은 일본인 납치 문제가 불거지기 시작한 후입니다. 제 아내도 조선총련과 관련되어 있었습니다. 그 시절에는 많은 재일조선인이 그랬습니다. 저 또한 총련에 대한 두려움은 별로 없었습니다.

곽형덕 조선총련과 관련된 이야기라면 사모님께서 해주실 말씀이 많으실 듯합니다.

오무라 아키코 당시 모두 공화국으로 가자고 하던 시절이지요. 제 가족 중에서도 북으로 간 사람이 있어요. 당시 『새조선』조국방위대의 지하신문을 배부하고 다녔지만 귀국 움직임에는 마음이 동하지 않았어요. 『새조선』은 프로파간다 성격이 강한 신문이에요. 1950년대 말이 되자 재일조선인은 모두 조선공화국으로 돌아가자는 운동이 시작됐어요. 그래서 조선어 강좌 수업을 듣게 됐습니다. 부모님이 조선어를 제대로 가르쳐 주지 않으셔서 어려운 말은 알아듣기 힘들고 유창하게 말을 할 수 없는 상태였어요. 주위의 많은 동포들이 북으로 돌아간다고 들떠 있던 시기입니다. 김일성이 부른다고 했어요. 의학부 출신이나 기술자를 우대했어요. 일본에서 고등교육을 받은 인재를 귀국시키려 했죠. 청년동맹 사람 중에 대학을 나온 사람은 없었어요. 대학생은 학생동맹에서 활동했고요. 아라카와 청년동맹의 한 명으로 평화운동가인 야스이 가오루安井郁의 집에도 다섯 명 정도와 함께 찾아갔어요. 그에게 조선인 피폭자 문제를 어떻게 생각하냐고 물었습니다. 당시 일과 시간에는 일을 하고 밤에는 야학을 다녀서 무척 바쁘게 지내느라 총련 활동은 제대로 할 수 없었어요. 남편을 만난 것은 총련 청년동맹에서 조선어를 배우러 가서입니다. 조선어 실력이 달라서 반은 달랐어요. 일본인이 왜 이런 데를 왔어요? 하고 물어보니 그 나라를 알려면 그 나라 말을 알아야 한다고 하더군요. 모두 오무라를 바보 취급했어요. 싱글벙글 웃으니까요. 당시 분위기는 "우리는 조국으로 돌아간다!"는 식이어서 일본인이 조선어를 배우러 온 것이 더 이해가 되지 않았을 겁니다. 일본인은 오무라 한 명이었어요.

중국문학에서 조선문학으로 전환

곽형덕 선생님은 전후 일본에서 한국문학 연구를 개시한 1세대에 속합니다. 그로부터 거의 반세기 이상이 지났습니다. 선생님의 작업은 실로 '조선문학'남과 북 모두를 포함한 문학의 전개 양상을 시야에 넣고 있습니다. 얼마 전에 선생님의 인터뷰가 실린 『길림신문』2017년 4월에 5회에 걸쳐 실린 리홍매 일본특파원의 인터뷰을 천천히 읽어보았습니다. 궁금해 하는 독자들도 있을 것 같아 그 상세를 말씀 드립니다. 「오오무라 마스오의 이국력사와 문학에 대한 애착」이라는 제목으로 제1회 인터뷰가 「중국문학 연구와 조선문학 연구」4.11, 2회가 「조선민족의 시인 윤동주에 대한 지구적인 연구–지구상 최초로 윤동주 사적 발굴 조서한 오오무라 교수」4.13, 3회가 「현대조선족문단의 리정표인 김학철선생의 마음의 벗」4.15, 4회가 「연변조선족자치주와 중국 조선족문학에 대한 애정」4.18, 5회가 인터뷰를 진행한 리홍매 씨의 후기로 「미래에 보내는 '아름대운 추억'–오무라 마스오 교수와의 인터뷰를 마치면서」4.20입니다. 이 인터뷰는 선생님의 연구 세계를 조선족문학을 중심으로 해서 살펴보고 있어서 대단히 흥미로웠습니다. 연변 쪽에서 취재를 한 것이니 그런 맥락이 중심에 놓이는 것은 당연하겠지요. 이 인터뷰를 보더라도 선생님을 그저 한국문학 연구자라 규정하는 것은 일면만을 강조하는 것에 지나지 않는다고 생각합니다. 선생님이 '조선문학 연구'를 시작하신 계기를 말씀해 주셨으면 합니다.

오무라 마스오 그건 『길림신문』 제1회 인터뷰에도 상세히 나와 있으니 『길림신문』에 말씀드리지 못했던 내용만 간략하게 말씀 드리겠습니다. 저는 도쿄도립대학東京都立大学 대학원에서 중국문학을 전공했는데 그러는 사이에 조선에 대한 관심이 싹텄고 그것이 점점 커졌습니다. 결국에는 주객이 전도된 상황에까지 이르러서 저는 중국문학 연구자가 아닌 조선문학 연구자의 길을 걸어왔습니다. 조선문학에 관심을 품게 되면서 중국문학을 향한 관심은 자연스레 옅어져 갔고요. 대학원에서는 중국문학 중에서 청조 말기의 사회소설이 테마였습니다. 여러 작가가 있었는데 저는 그중에서 동시기의 작가의 한사람인 류어劉鶚, 1857~1909의 『노잔유기老殘遊記』1912를 선택했습니다. 늙고 힘없는 의사 노잔이 중국 여기저기를 떠돌며 보고 들은 사건을 기록한 작품입니다. 청조 말기의 사회상을 폭로하고 있지요. 많은 사람이 굶고 있을 때 정부의 저장 창고를 무단으로 열어서 죄를 추궁받고 주인공이 전국을 유랑하게 되면서 펼쳐지는 내용입니다. 류어와는 나이 차이가 나지만, 동시대 지식인으로 량치차오梁啓超가 있습니다.

『노잔유기』는 상해 조계에서 출판되었지만 량치차오의 저작은 베이징과 요코하마에서 나왔습니다. 조계에서 중국인이 쓴 소설은 상당히 흥미로운 요소가 많습니다. 량치차오는 일본에 와서 중국어로 소설을 썼습니다. 물론 정치론이 중심입니다만 소설도 썼고 소설론도 썼습니다. 그러면서 도카이 산시東海散士의 『가인의 기우佳人之奇遇』1885를 번역했습니다.

세계를 대상으로 연애와 정치 정세를 분석하는 내용입니다. 이 소설의 시작은 좋았습니다만, 도카이 산시가 16년 동안 쓴 소설이라서 내용이 점차 민권주의民權主義로부터 국권주의國權主義로 옮겨 갑니다. 량치차오가 그것을 번역하다가 집어 던집니다. 도카이 산시는 명성왕후 시해사건을 추진한 인물이기도 합니다. 시해에 가담한 미우라 고로三浦梧楼와도 지우였습니다. 량치차오는 번역을 그만두고 주를 달았어요. 왜 번역을 그만뒀냐 하니 조선은 원래 청국의 것인데, 도카이 산시가 조선을 일본의 것이라고 하니 그것은 말도 안 되는 것이라는 겁니다. 그런 상황에서 이 소설에서 제외되어 있는 조선 사람들은 당시에 무슨 생각을 했을까 하는 생각에서 조선문학에 관심을 품기 시작했습니다.

東海散士著　全編

佳人之奇遇

柴氏藏版

聚芳閣發兌

14. 11. 7

(좌) 일본 망명 시기(1898~1911)의 량치차오.
(우) 『가인의 기우』 1925년판(일본국회도서관 디지털컬렉션).

곽형덕 일반적으로는 그냥 넘어가기 마련인데 선생님께서는 단순하지만 근원적인 질문 앞에서 멈춰서셨던 것 같습니다. 박사과정에 재학하셨을 때도 조선문학에 관심을 두시면서 중국문학을 병행하셨던 것이겠군요.

오무라 마스오 대학원 박사 과정에 들어간 다음해가 1960년이었습니다. 일본에서 미일안보조약에 반대하는 학생과 시민들의 격렬한 안보투쟁이 절정에 이른 해입니다. 제 석사논문의 지도교원은 그 유명한 루쉰 연구자, 다케우치 요시미였습니다. 일반에 알려진 것과는 달리 다케우치 요시미는 조선에 큰 관심을 품고 있었습니다. 다케우치가 쓴 「조선어를 추천한다朝鮮語のすすめ」1970 등을 보면 잘 알 수 있어요. 선생님은 "차별은 피차별자의 눈에는 보이지만 차별자의 눈에는 보이지 않는다. 하지만 차별이 본성本性을 침범하고 부식 작용을 일으키는 것은 양쪽 다이며 한쪽만이 아니다. 그 차이는 자각하는가 그렇지 않은가 뿐이다. 중국을 모욕하고, 중국인과 중국어를 모욕해서 일본인이 정신적으로 입은 손실은 자각하지 못함에도 실로 크다고 나는 생각한다. 하물며 조선에 대해서는 말할 것도 없다. (…중략…) 당신들이 당신들 자신이 되기 위해 조선어가 얼마나 도움이 될까에 대해서 역설하고 있다"라고 하셨습니다.

곽형덕 중국과의 대비 속에서 일본인에게 "자신이 되기 위해" 조선어를 추천하는 대목이 흥미롭습니다. 오에 겐자부로가 『오키나와 노트』에서 "일본인이란 무엇일까? 그렇지 않은 일본인으로 나 자신을 바꿀 수 있을까?"라고 일본인에게 던졌던 질문이 연상되기도 합니다. 다케우치 선생님께서 직접 조선어를 배우라고 말씀하신 적이 있나요?

오무라 마스오 다케우치 요시미 선생님이 제게 조선을 연구하라고 말씀하신 적은 없지만, 무언無言 중에 그분의 생각이 제 안에 파문을 일으켰던 것이 아닐까요. 그런데 다케우치 선생님의 수업은 별로 재미가 없었습니다. 수업에서는 청조 시기의 소설을 읽었을 뿐 그다지 재미있는 강의가 아니었죠. 루쉰에 대한 다케우치 선생님의 읽기는 대단히 흥미로웠지만, 그 당시에는 거기까지 제 관심이 미치지 못했습니다. 루쉰은 옌푸嚴復의 『천연론天演論』1898을 열심히 읽었습니다. 루쉰이 처음 쓴 글은 사회진화론적인 시각이 담긴 「인지역사人之歷史」산문집 『분(墳)』에 수록라는 글입니다. 헤켈Ernst Heinrich Philipp August Haeckel의 사회진화론을 그대로 번역한 글을 자신이 쓴 글처럼 산문집 『분』의 맨 앞에 실었습니다. 일본어로 번역된 헤켈의 『우주의 수수께끼宇宙の謎』1906에 실린 제1장이 자연진화론입니다. 루쉰은 제1장만 번역했습니다. 제2장 이후는 사회진화론으로 루쉰은 그것을 부정했습니다. 그래서 제2장 이후는 쳐다보지도 않았다고 하고 있습니다. 루쉰이 일본에서 유학하던 시기의 이야기입니다. 지금 생각해 보면 다케우치 선생님은 루쉰문학의 대가였는데, 저는 선생님 곁에서, 무언 속에서 조선문학으로 가는 길을 찾아냈던 셈입니다.

곽형덕 선생님처럼 중국문학 연구를 하시다가 조선문학을 평생의 업으로 삼으시는 경우는 드문 것 같습니다. 지금은 잘 상상이 안 가지만, 1960년대라고 하면 반대도 있었을 것 같습니다. 그래도 중국문학 하면 일본 내에서 시민권이 있었지만, 조선문학은 없었을 테니 편안한 길을 벗어나 험로로 들어선 셈이 아닌지요?

오무라 마스오 그런 셈입니다. 제가 지금까지 일본에서 냈던 조

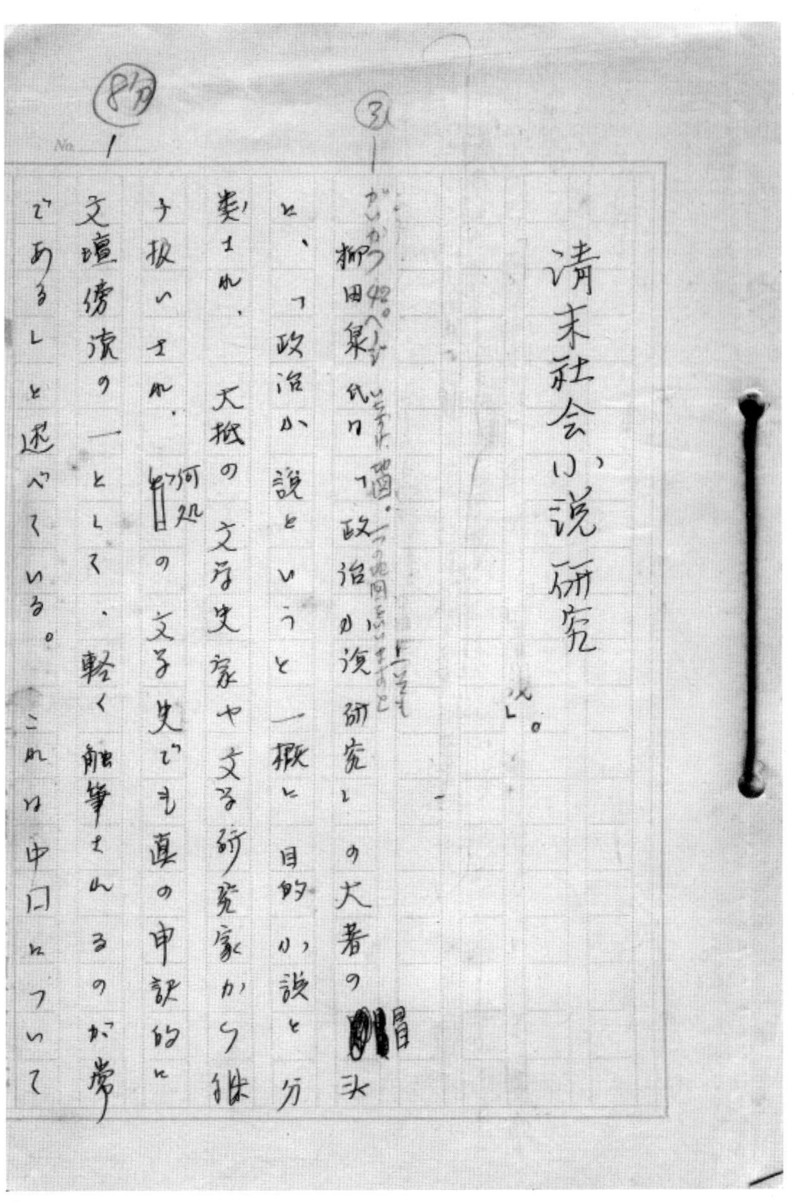

清末社会小説研究

柳田泉氏の「政治小説研究」の大著の冒頭に、
と、「政治小説というと一概に目的小説と分
類され、大抵の文学史家や文学研究家から継
子扱いされ、何処の文学史でも真の申訳的に
文壇傍流の一として、軽く触筆されるのが常
であるしと述べている。これは中国について

오무라 마스오 『청말사회소설연구』 직필 원고.

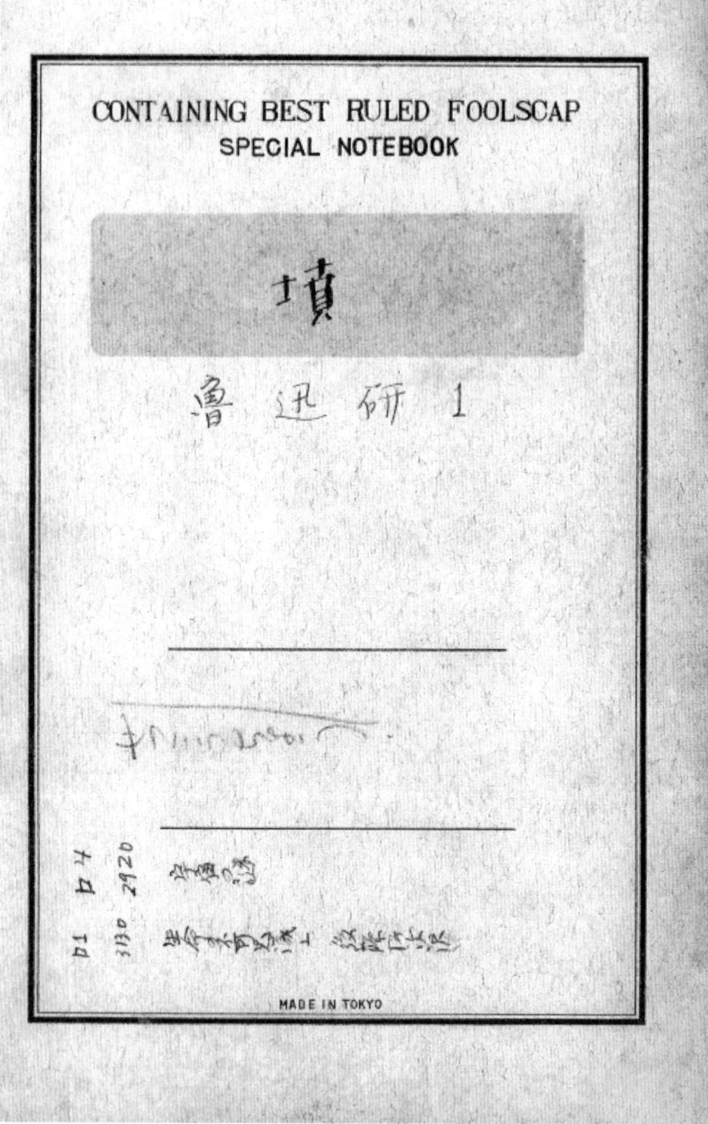

대학원 시기에 쓴 『루쉰연구노트』 1(전7권).

선 / 한국문학 관계 연구서는 사실상 자비출판입니다. 책을 몇백 권 정도 구매하고 낸 책들입니다. 그렇지 않으면 독서 시장에서 팔리지 않는 조선문학 관련 서적을 내줄 출판사는 없었습니다. 일본에서 학술 출판은 갈수록 위축되고 있습니다. 조선문학이 아니더라도 학술 출판은 점점 힘들어지고 있습니다. 그래도 조선문학 연구보다는 중국문학 연구 쪽 상황이 좀 더 좋을 겁니다. 중국 고전이나 루쉰 등에 대한 독서계의 갈망은 역사적으로 볼 때 꾸준히 있어 왔으니까요. 조선문학을 여전히 무시하는 인식이 남아 있습니다. 제가 논문에서도 썼지만 일본 내 대학에서 한국문학학과나 조선문학학과를 설치한 대학은 전무합니다. 그런 상황이다 보니 연구자 수도 대단히 적습니다. 조선문학을 제대로 하려면 한국문학만이 아니라 북한문학, 연변문학 그리고 재일조선인의 문학까지 볼 수 있는 시야를 확보해야 한다는 점에서 보자면, 중국문학에서 조선문학으로 옮긴 것이 반드시 손해라고만은 볼 수 없습니다.

곽형덕 선생님은 일본이 패전한 후에 조선문학을 연구한 1세대입니다. 선생님은 와세다대학 정치경제학부에 다니면서 중국 사상사 학자인 안도 히코타로 선생님께 중국의 사회와 문화를 배우셨고 오랜 세월 동안 친밀한 관계를 맺어 오셨다고 들었습니다. 선생님은 문화대혁명 당시에 중국에 다녀오신 것으로 알고 있는데 안도 선생님과 어떤 관련이 있는지요?

오무라 마스오 이 자리에서 간략하게 말씀드릴 수 없습니다. 다음에 자세히 말씀드릴 기회가 있겠지요.

곽형덕 문화대혁명 와중에 중국에 다녀오셨다고 알고 있습니다.

오무라 마스오 네 그렇습니다. 1967년으로 기억합니다. 확인은 해봐야 합니다. 마오쩌둥 저작언어연구회라는 곳에 소속되어 연구 목적으로 중국에 들어갔습니다. 고사카 준이치香坂順一 씨를 비롯해서 총 7명이서 들어갔습니다. 마오쩌둥 저작물을 연구할 목적으로 들어갔습니다만, 문화대혁명 와중이라서 호텔 밖으로 쉽사리 나가지도 못했습니다. 중국 상황이 혼란스러웠던 만큼 외부인을 향한 감시도 철저했고, 저희도 혼란스러운 상황에서 함부로 밖을 돌아다닐 엄두가 나지 않았습니다.

곽형덕 어떤 의미에서 선생님의 연구는 중국문학에서 조선문학으로 완전히 전환된 것이 아니라, 중국문학 연구의 바탕 속에서 조선문학 연구를 전개해 오신 것 같습니다.

오무라 마스오 네 그렇게 볼 수도 있겠군요.

주체적인 연구의 길을 열다

곽형덕 선생님이 주도적으로 결성하신 '조선문학의 모임朝鮮文学の会'에 대해 질문하고자 합니다. '조선문학의 모임'이나 『조선문학-소개와 연구朝鮮文学-紹介と研究』와 관련해서는 이제 후속세대의 연구가 시작된 것 같습니다. 가와무라 미나토川村湊는 아마추어리즘이 모임의 특징이었다고 쓰고 있더군요. 어떤 계기로 모임이 조직된 것일까요?

오무라 마스오 시작은 1960년대 말에 한국문학 단편을 읽고 토론하는 모임이었어요. 아마추어라는 것은 틀리지 않은 표현입니다. 하

북경반점에서 회의중인 방중 대표단의 모습.
오른쪽에서 세 번째가 오무라 마스오, 네 번째가 안도 히코타로.

지만 당시 시대상을 생각해 본다면 불모지 상태에서 시작하는 것이었으니 누구든 아마추어를 벗어날 수 없었다고 봐야 할 겁니다. 저희 모임은 윤학준 씨가 튜터였습니다. 몇 년간 연구 모임을 하다 보니 이대로 끝내기 아쉽더군요. 『조선문학-소개와 연구』는 얼마 안 되지만 구독 회원과 동인들의 노력에 의해서 지탱됐습니다. 초기 멤버는 다섯 명입니다. 가지이 노보루梶井陟, 이시카와 세쓰코石川節子, 石川節에서 개명, 다나카 아키라田中明, 조 쇼키치長璋吉 그리고 저입니다. 이시카와 세쓰코 씨는 홍일점으로 샤미센 선생님이었습니다. 당시에는 누구 하나 조선문학 연구를 업으로 삼는 학자는 없었던 셈입니다. 가지이 노보루는 중학교에서 이과 과목을 가르치는 선생님이었고, 다나카 아키라는 신문사 직원이었습니다. 다나카 아키라는 당시에는 야마다 아키라였습니다. 5호까지인가 함께 하고 모임을 떠났습니다. 조 쇼키치는 한국 유학을 마치고 돌아와 무직인 상태였고요. 그리고 중간에 잠시 합류했다 그만둔 간사이의 다카기 히데아키高木英明나, 9호 발간 이후에 합류한 마키세 아키코牧瀬暁子, 가지무라 마스미梶村真澄 등도 있습니다. 『조선문학-소개와 연구』 발간은 저 혼자서는 할 수 없는 일이에요. 저희가 한 작업이 작은 밀알이 됐다면 그것으로 족합니다.

곽형덕 최근 한국문학 연구자 사이에서 선생님을 중심으로 한 논문이 나오고 있습니다. 최태원의 「전후 일본에서의 조선근대문학연구의 성립과 전개-'조선문학의 회'를 중심으로」『한국학연구』 61, 인하대 한국학연구소, 2021, 장문석의 「조선문학을 권함-『오무라 마스오 저작집』 1~6과 한국문학의 동아시아적 재구성」『한국학연구』 54, 한국학연구소, 2019.8 등입니다.

최태원의 논문을 보면 '조선문학의 모임'이 결성되기까지의 과정이 소상히 나와 있습니다. 1965~1966년 무렵에 선생님의 연구실에서 주 1회 소설 읽기 모임을 열고, 1968년부터는 3년간은 조연현의 『한국현대문학사』를 읽는 월례 모임 등을 거쳐서 1970년 가을에 '조선문학의 모임'이 결성되고 12월에 『조선문학－소개와 연구』 창간호를 발행했다는 내용입니다.

오무라 마스오 장문석 씨의 논문은 보내줘서 읽었습니다. 최태원 씨 논문은 이번에 가져와 주셔서 처음 읽었습니다. 미세한 부분까지 잘 잡아내고 있고, 일본어 논문집에도 소명출판에서 나온 저작집에도 들어있지 않은 글도 찾아냈더군요. 세부적인 내용에서 고개를 갸웃했던 부분도 있었지만 잘 쓴 논문입니다. 인하대학교 한국학연구소에서 일본 내 조선문학 연구와 관련된 심포지엄을 두 번이나 했다는 것은 처음 알았습니다. '조선문학의 모임'을 시작한 것이 1970년이니 이제 반세기 전의 일이군요. 저는 이제 연구 대상이 되어버린 걸까요. 이야기가 약간 샛길로 빠집니다만, 인하대학교는 초빙교수로 2007년에 머물렀던 곳입니다. 그곳에서 좋은 기억이 많습니다. 2008년에는 인하대학교에서 윤미란, 권외영 씨가 와세다대학으로 와서 저희 집에 자주 찾아왔습니다.

곽형덕 『조선문학－소개와 연구』 창간호1970.12에 선생님께서 쓰신 「진군 나팔소리는 들리지 않는다進軍ラッパは聞こえない」라는 글의 끝이 무척 인상적이었습니다. "우리는 발을 내딛기 시작했다. 어찌됐든 말이다. 내 마음은 무겁다. 위세 있는 진군 나팔소리는 들려오지 않는다. 서두르지 않으리. 서둘러서는 안 된다. 누군가의 비수에 찔리더라

도, 피를 흘리며, 그럼에도 우리는 계속 걸어가리"라는 구절입니다.

오무라 아키코 오무라 마스오는 시인의 마음을 품고 있어요. 역시 동요 작가인 아버지의 영향도 있을 겁니다. 그 부분을 간과하면 오무라를 이해하기 힘들어요.

오무라 마스오 (웃음) 그렇지 않아요. 별 볼일 없어요.

곽형덕 선생님과 사모님은 자주 의견이 엇갈리시는 것 같습니다. (웃음) 2013년 무렵이었던가요. 선생님께서 닭띠인 자신을 호랑이띠인 사모님이 괴롭힌다고 농담 비슷하게 말씀하셨던 것도 기억납니다. 『조선문학－소개와 연구』는 선생님의 조선문학 연구 여정에서 열정을 마음 한가득 품었던 시작 지점에 해당되는 것 같습니다. 계간 『조선문학－소개와 연구』는 총 12호1970.12.1~1974.8.20까지 발행됩니다. 일본인에 의한 최초의 조선문학 연구 잡지라는 역사적 의의는 아무리 강조해도 지나치지 않는 것 같습니다. 한일기본조약이 미친 영향도 있었을까요?

오무라 마스오 …… 한일기본조약이 저희가 했던 '조선문학의 모임'에 영향을 끼쳤는지도 잘 모르겠습니다. 한일기본조약으로 한국을 향한 관심이 커진 것은 사실이지만 그것이 바로 '조선문학'으로 이어지는 것은 아니라서 그렇습니다. 동인지 제목에도 있듯이 연구 앞에 소개가 붙은 것은 현 단계에서 연구보다는 소개가 시급하다는 판단에서였습니다. 그런 분위기 속에서 이와나미서점에서 발행하는 『문학』에서 '조선문학' 특집호38호를 1970년 11월에 발행합니다. (서재에서 책을 꺼내오며) 바로 이 책입니다.

곽형덕 『문학』 특집호는 안우식의 「김사량론」이 실려 있어서 박사

朝鮮文学

——紹介と研究——

創刊号

朝鮮文学の会

오무라 마스오 소장,『조선문학 – 소개와 연구』 창간호.

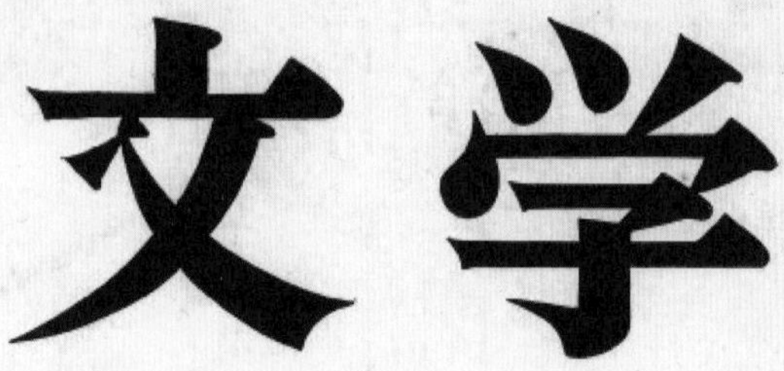

1970 11 VOL. 38

昭和四十五年十一月十日発行（毎月一回十日発行）
昭和二十二年五月五日第三種郵便物認可
昭和二十四年三月二十八日国鉄首都特別扱承認雑誌第五八三号

《朝鮮文学》

岩波書店

오무라 마스오 소장, 『문학』 '조선문학' 특집호, 1970.11.

논문을 쓰면서 저도 참고했던 적이 있습니다. 지금 보면 정말 쟁쟁한 분들이 글을 기고하셨네요. 재일조선인문학에 관해서는 김석범, 이회성, 오에 겐자부로가 「일본어로 쓰는 것에 대해서」라는 제목으로 좌담회를 했고 '조선문학의 모임' 멤버인 선생님과, 가지이 노보루도 조선문학에 관해서 쓰고 있고요. 다케우치 미노루가 「'내선일체'의 소설」을, 선생님의 스승인 다케우치 요시미가 「문학의 광장」이라는 짧은 글을 쓴 것도 인상적입니다. 선생님께서는 「빼앗길 들의 빼앗긴 마음—해방전의 조선근대문학」이라는 글을 쓰고 계십니다.

오무라 마스오 일본은 조선의 국토와 언어, 성명을 빼앗았지만, 결국 조선인의 마음을 빼앗을 수는 없었어요. 전향한 작가들의 마음도 제대로 받아내지 못했습니다. 그런 논지로 썼던 글이에요. 조선문학이 일본에서 제대로 소개되지 못하고 있는 상황에서 미숙하지만, 조선문학을 일본에 알리고자 하는 시도였습니다.

곽형덕 『조선문학—소개와 연구』 창간호에는 「창간의 말」이 실려 있습니다. 일본인의 손으로 공백 상태에 놓는 '현대 조선문학' 연구와 소개를 해나가겠다는 의지가 절절히 느껴집니다. 잠시 읽어보겠습니다.

창간의 말

자신의 연구가 앞서간다고 해도
허세를 부지 않고
의견이 달라도 성내는 일 없이
꾸준히 공론의 장을 구하며

귀중한 자료를 손에 넣을 때도
유쾌하게 동료들에게 도움이 되게 하며
각자의 사상이나 신조의 차이가 있더라도
무엇보다
조선을 사랑하고 조선문학을 사랑하며
딱히 명성을 기대하는 일도
물론 없이
그저
일본인으로서 자신과 조선을
문학 연구를 매개로 이어서
거기서 얻은 성과를
일본과 조선의 친선과 연대를 바라는 사람들이
공유할 수 있는 재산으로 삼기 위해서
조선문학을
아마도 죽는 날까지
뚜벅뚜벅 배워나갈 것이다.

이런 마음을 먹은 일본인이 모여서 '조선문학의 모임'을 결성했다.

우리의 모임 동인은 이제 겨우 다섯 명이다.

우리가 조선문학을 소개하리라 마음먹고 문학사 독서회를 시작한 후 이제 햇수로 3년이다. 한 달에 한 번 문학사 공부와 병행해서 한 번씩 작품 강독회를 이어갔다. 이건 꼭 읽어야지 하는 작품을 골라서 교대로 번역해서 납득이 될 때까지 계속 파고들었다.

문학 작품 독해는 모두가 좋아하는 일이지만, 최근 3년은 결코 즐거운 일만 있었던 것은 아니었다. 우리는 조선어를 일본어로 옮기는 어려움을 질릴 정도로 체감했다.

우리는 자신의 현재 실력이 여전히 충분하지 않음을 충분히 잘 알고 있다.

그런 만큼 현재 '조선문학의 모임'이라는 명칭을 내세운 것에 조금은 주저함과 낯간지러움을 느낄 수밖에 없다.

하지만 우리가 아는 한 과거에도 이런 조직은 없었다.

일본을 일방적으로 조선에 억눌렀던 30여 년과 그 이후의 25년을 더하면 족히 반세기가 넘는다.

우리 한 명 한 명이 조선문학에 관심을 품기 시작한 후 오늘날까지, 조선을 자신의 시계 안에서 포착하려고 노력했던 일본인의 연구를, 진지하게 배우려 했었다.

하지만 우리가 아는 깨달은 것은 궁핍하기 그지없는 조선 연구의 현실이었다.

그렇다고 해서 물론 평가할 만한 것이 전혀 없다는 의미는 아니다.

어학 연구를 시작으로 역사, 지리, 사회, 정치, 경제, 미술 혹은 일부 단체에 의한 고전문학 소개나 민요 연구 등등, 다양한 분야에서 띄엄띄엄 남겨진 흔적을 발견할 수 있었다.

하지만 극히 초기의 것을 제외하고 그런 업적에 공통된 것은 조선을 대등한 위치에서 파악하려는 자세의 결여다. 특히 우리가 깊은 관심을 표한 근현대 조선문학 분야는 언제나 빼금히 커다란 구멍이 나 있다.

하나의 나라, 하나의 민족을 올바르게 이해하기 위해 그 문학을 아는 것은 결여할 수 없는 조건이라고 우리는 믿는다.

문학 연구 분야, 특히 현대문학에 벌어진 공백의 의미를 언어로 설명하는 것은 어쩌면 어렵지 않은 일인지도 모른다.

하지만 우리는 그것을 지금부터 우리 자신의 행동을 밑천삼아 확인해 나가고자 한다.

또한 현재 조선은 부당하게도 두 개로 분단되어 있는데, 우리는 조선은 하나이며 조선문학 또한 하나의 것이라고 이해하고 있음을 명확히 하고자 한다.

"조선문학의 모임"은 활동의 첫 걸음을 기관지 조선문학 - 소개와 연구 발간으로 뗄 수 있게 됐다.

이 기관지를 멈추지 않고 계속 발간하는 것은 지난한 과제다.

우리는 아마 앞으로도 여전히 두꺼운 벽에, 부딪쳐야 알 것이다.

하지만 우리에게는, 지금 커다란 꿈이 있다. 그것은 마침내 가까운 미래에 많은 사람들 눈앞에 현대조선문학선집가제를 진열하고 싶다는 꿈이다.

이를 위해서도, 조선문학에 관심을 보내는 많은 사람들의, 준엄한 비판과 따뜻한 격려를, 더 나아가 이 모임에 적극적인 참가를 강하게 기대해 마지않는다.

1970년 12월

조선문학의 모임

오무라 마스오 당시는 의욕에 넘쳤습니다만 지금 생각해 보면 약간은 무모한 면도 있었던 것 같습니다. "기관지를 멈추지 않고 계속 발간하는 것은 지난한 과제"라고 했는데 현실은 정말로 그랬습니다. 저희가 예상한 것보다 많은 반응이 있었지만, 발간을 하면 할수록 비용을 감당하기 어려웠습니다. 비용 외에도 동인들 간의 의견 차이라던가 그런 문제가 누적되어 갔고요.

곽형덕 "또한 현재 조선은 부당하게도 두 개로 분단되어 있는데, 우리는 조선은 하나이며 조선문학 또한 하나의 것이라고 이해하고 있음을 명확히 하고자 한다"라는 「창간의 말」에서 알 수 있듯이 남과 북, 어느 쪽에도 치우치지 않은 한민족의 문학을 다루려 했다는 것이 특히 인상적인 것 같습니다. 계간지였지만 발간된 권수를 보면 1970년 말에 1권, 1971년에 4권, 1972년에 3권, 1973년에 2권, 1974년에 2권 이렇게 총 12호가 나옵니다. 갈수록 계간지에서 반년간지로 변해가는 것을 보면 내부의 동력이 점점 약해지는 것이 수치로 나타나는 듯합니다. 『조선문학–소개와 연구』 종간호12호, 1974.8를 보면 선생님께서 『문학』에 쓴 원고료를 바탕으로 동인지를 냈다고 쓰고 계십니다.

오무라 마스오 『문학』에서 받은 원고료가 마중물이 된 것은 맞아요. 종간호에도 썼지만 우여곡절 속에서도 창간호에서 밝혔던 원칙은 틀리지 않았다고 봅니다. "우리 모임에 회칙은 없다. 하지만 최소한, 이 모임이 ①일본인의, 적어도 일본인을 주체로 한 모임일 것, ②백두산 이남, 현해탄에 이르는 지역에 살았던 그리고 살아 있는 민족이 잉태한 문학을 대상하는 것을 원칙으로 확인하자. 우리 마음

속에 38선은 없다"라는 원칙입니다.

곽형덕 모처럼 의욕적으로 시작한 동인지를 종간하시고 연구 모임을 계속 이어간 사정을 여쭙고자 합니다.

오무라 마스오 그건 현실적인 이유입니다. 잡지를 내려면 누군가의 희생과 노력 그리고 돈이 필요합니다. 창간 초기에 저는 두 가지를 잘못 짚었습니다. 첫 번째는 잡지를 10년간 내면 회원도 늘고 세력이 커져서 자연스레 모임이 소멸될 것이라는 예상이었습니다. 일본인 자신의 손으로 조선문학을 소개하고 연구한다는 대의명분과 사회적 필요가 사라진 것은 아니지만, 그것만으로는 동인지를 계속할 수 없었어요. 연구 면에서도 훌륭한 업적이 나오지 않고 스스로 납득할 수 없는 수준의 글이 나오는 상황이 이어졌습니다. 두 번째는 외부의 비판이나 압력은 예상했지만 모임 내부의 혼란과 갈등을 예상하지 못했다는 겁니다. 뜻이 같다고 해도 부담할 수 있는 한계치가 서로 다른데 지나치게 낙관적이었어요. 모임을 운영하고 동인지를 발간하며 드는 시간과 노력이 동인 모두 같을 수 없었던 것이죠. 같은 목적으로 모였다 해도 전혀 다른 사람이 모인 것이니까요.

곽형덕 종간호를 보면 선생님께서 쓰신 「감사 그 외」에 진력을 다해 만들었던 잡지를 종간하는 심정을 이렇게 쓰고 계십니다.

> 우리는, 이제 잡지를 종간한다. 우리나라에, 일본인 자신의 손으로 조선문학을 소개하고 연구하는 사회적 필요성이 없어진 것은 아니다. 하지만 사회적 필요성을 자각하는 것만으로는 동인지를 유지하는 것은 곤란한 일이다. 우리가 잡지를 종간하는데도 모임을 해산하지 않는

것은 앞으로 연구회·공부모임에서 희망을 이어나가기 위함이다. 우리는 '소개와 연구'라는 부제를 내세웠는데도 연구 면에서는 결정적으로 뒤떨어졌다. 선행 업적은 너무나도 부족했고, 연구하는 우리의 조건이 풍족하지 않았다고 해도, 우리의 노력이 부족하여 대상의 거대함 앞에 마침내 버티지 못하고 말았다. 우리 스스로 납득할 수 없게 된 동인지는 끝내야만 한다. 종간하는 가장 큰 이유는 바로 그 지점에 있다고 나는 믿는다.

수십 년이 지난 지금 종간호의 글을 보시면 어떤 느낌이 드시나요?

오무라 마스오 역시 의욕이 앞섰지만 나름 뜻깊은 일이었다고 생각합니다. 휴간이나 정간이 아니라 종간을 한 것은 종간호에도 썼지만 역시 번역이나 소개만으로는 어떤 한계를 느꼈기 때문이에요. 연구 쪽에 조금 더 중점을 두고자 한 고육지책이었던 셈입니다.

안도 히코타로 그리고 문화대혁명

곽형덕 지난번 미처 여쭙지 못했던 것들이 있습니다. 이번 질문은 지난번의 보족 성격이라고 생각해 주시면 좋을 것 같습니다. 중국학으로부터 조선학으로의 전환에 대해 여쭙기는 했지만, 주로 일본에서 조선문학을 연구하는 것의 의미나, 윤동주 연구 등에 초점이 맞춰져 있었습니다. 이번에는 선생님의 학문적 스승이라고 해야 할지, 아니면 선생님을 중국학 연구자로 이끈 안도 히코타로 선생님에 대해

朝鮮文学

—紹介と研究—

終刊号

朝鮮文学の会

『조선문학－소개와 연구』 종간호, 1974.8.

여쭤보겠습니다. 선생님의 문학세계를 이해하기 위해서는 중국학에서 조선학으로의 전환이 어느 정도 밝혀져야 한다고 생각해 왔습니다. 그래서 안도 히코타로 선생님이나 다케우치 요시미 선생님과의 관련을 약간 집요할 정도로 여쭤봤던 것 같습니다. 선생님께서 오프더 레코드를 요청한 부분들도 있어서 그걸 빼고 기록 중입니다. 역시 아직 여러모로 민감한 문제들이 남아 있다는 점을 잘 이해할 수 있었습니다. 안도 히코타로 선생님과는 어떻게 만나셨는지요? 안도 선생님이 일본 내 중국 연구에서 어떠한 위치였는지를 포함해서 말씀해 주셨으면 합니다.

오무라 마스오 제가 와세다대학 정경학부에 합격한 것은 1953년입니다. 들어가니 외국어 클래스를 A에서 M까지 나누더군요. 당시 제1정경학부에는 1학년에 약 650명, 13반으로 나뉘어져 있었습니다. 제1외국어는 영어였습니다. M클래스는 전체가 43명이었습니다. 그중에서 제2외국어로 러시아를 택한 학생이 19명, 독일어가 13명, 중국어가 11명입니다. M클래스 이외에는 프랑스어, 스페인어를 배우는 학생입니다. 스페인어 반에는 한 반이 될 정도로 학생이 모였습니다. 저는 M클래스의 중국어 반이었습니다. M은 러시아어와 중국어입니다. 1953년 당시의 중국은 그야말로 아침 8, 9시의 해처럼 이제부터 떠올라 뜨거워지기 시작하고 있었다고 할까요. 중국은 당시 아시아 일각에서 다시 떠오르고 있던 시기여서 제 관심은 자연스레 중국으로 쏠리게 됐습니다. 장래를 염두에 둔 선택이었던 셈입니다. 중국어를 안도 선생님께서 가르치셨습니다. 제가 중국에 눈을 뜨게 해주셨습니다. 당시 와세다에는 오하마 노부모토大濱信泉 씨가 회장으로

1957년 3월 24일, 졸업식 후 와세다대학 중국연구회 졸업생기념모임에서.

있던 중국연구회학생모임라는 조직도 있었습니다. 오하마 씨는 오키나와 이시가키섬이 고향으로 제7대 와세다대학 총장을 지낸 분입니다.

곽형덕 안도 선생님과는 어떻게 가깝게 지내게 되셨나요? 매번 안도 선생님 말씀을 해주셔서 제 뇌리에도 각인되어 있습니다. 이야기의 파편이 여기저기 흩어져 있어서 이참에 체계적으로 여쭤보려 합니다.

오무라 마스오 네, 가까워진 이야기는 아마 하지 않았을 겁니다. 이유는 간단합니다. 안도 선생님의 중국어 수업에서 제가 눈에 띄었기 때문입니다. 안도 선생님은 일본 사상사에서 중국학이 어떤 의미를 지니는지를 평생 연구하셨던 분입니다. 경제학부에 계셨지만 경제 이야기는 거의 하지 않았어요. 안도 선생님은 일본공산당에 우호적인 분이었습니다. 뒤에서는 민주民主보스 타입으로 불리기도 했습니다. 그런 점이 다케우치 요시미 선생님과는 달랐습니다. 다케우치 선생님은 공산당을 무척 싫어하셨습니다.

곽형덕 선생님이 중국학에서 조선학으로 전환해 가는 것을 안도 선생님께서는 어떻게 생각하셨나요?

오무라 마스오 글쎄요. 안도 선생님은 제가 조선에 관심을 가지기 시작한 것을 그다지 좋아하지 않았던 것 같습니다. 제가 법학부에서 가르칠 때부터 조선문학 관련 잡지를 내며 본업에서 멀어지기 시작했으니 그렇기도 했을 겁니다. 법학부에서 중국어를 가르치며 『조선문학-소개와 연구』를 발간하는 일은 여러 사정상 힘든 일이었습니다. 정치 상황에 따라 조선어나 중국어를 수강하는 학생 수는 출렁거립니다. 1960년대 말에 중국어 수강자 수가 급감하기 시작해 중국어 강사가 남아돌았습니다. 그런 외부적 환경도 있었지만 제 내적 동기에 의해 조선어 강의를 시작했습니다. 그러니 저를 중국학 쪽으로 이끌려던 안도 선생님께서 좋아하실 리 없었어요. 1978년 무렵 도야마대학에서 조선학 관련 학과를 만든다고 제게 오라고 하더군요. 도야마대학 인문학부장이 도쿄에 와서 제게 제안을 했지만 저는 당시 집을 짓고 정착한 상황이라 제안을 거절했습니다. 대신 가지이 노보루 씨를 추천했습니다. 하지만 약간 문제가 있어서 문부성에는 제가 가는 것으로 서류를 제출한 후 가지이 씨가 가는 식으로 했습니다. 그러다 보니 서류상으로는 이직을 해야 했습니다. 법학부에서 문부성에 사임을 인정하는 서류를 내야만 했어요. 저는 와세다대학을 그만둘 각오를 하고 도야마대학의 조선어코스 신설에 협조했던 겁니다. 다행히도 와세다 어학교육연구소의 조선어 전임 자리로 옮기게 됐습니다. 정열을 이미 잃은 중국어 교육을 계속해야 한다는 심리적 부담도 덜 수 있었습니다.

곽형덕 중국학에서 조선학으로의 전환을 하며 많은 우여곡절을 겪으셨군요. 여러 차례 들었던 이야기의 파편이 이제 조금 하나로 엮이는 듯합니다. 안도 선생님께서 선생님과 학문적으로만이 아니라 개인적으로 친밀했던 것 같습니다.

오무라 마스오 네 맞아요. 그래서 아마 실망감이 더 크셨을 겁니다. 안도 선생님과 저는 정말 격의 없이 지냈습니다. 제가 결혼을 할 때 저희 집안에서 조선 사람을 받아들일 수 없다고 하자 안도 선생님께서 아내를 양녀로 삼겠다고 하셨을 정도입니다. 하지만 그렇게까지 해서 결혼하고 싶지는 않아서 거절했습니다. 제가 조선문학을 하자 상당히 쓸쓸해 하셨습니다. 저를 후계자로 생각하셨으니까요. 제게 다시 정경학부로 돌아오라고까지 말씀하셨습니다. 정경학부의 중국어 담당 교수가 마음에 들지 않아서 저를 대신해서 넣으려 했던 겁니다. 그 정도로 저를 신임하셨습니다.

곽형덕 그 정도로 선생님께서 중국학을 진지하게 하셨던 것이 아닐까 합니다. 안도 선생님이야말로 선생님이 연구를 시작하는 계기를 만드신 분으로 평가해도 될지요?

오무라 마스오 안도 선생님은 저를 오무라 군이라고 칭하셨어요. 신뢰가 듬뿍 담긴 호칭입니다. 학생 중에서 진지하게 중국어를 공부했던 것은 오무라 군뿐이라고 하셨습니다. 퇴직하기 전쯤 그렇게 말씀하시더군요. 제가 연구를 시작한 것은 안도 선생님 덕분입니다. 저도 나이가 들면서 비로소 안도 선생님을 이해하게 됐습니다.

곽형덕 안도 선생님은 당시 중국학 학자들 중에서도 특이한 위치에 있으셨던 것 같습니다. 친중파라고 해야 할까요?

오무라 마스오 안도 선생님은 문화대혁명을 끝까지 지지하셨습니다. 대부분의 일본 지식인들이 문혁이 시작되자 그것을 비판했던 것과는 대조적입니다. 안도 선생님은 문혁이 관료주의를 타파했기에 인정할 수 있다고 생각했던 것 같습니다. 그와 관련해서는 안도 선생님이 남긴 『중국통신中国通信 1964~66』, 『문화대혁명 연구文化大革命の研究』등을 보면 자세히 알 수 있습니다. 안도 선생님은 가난하지만 열심히 살아가는 사람들의 편이었습니다. 와세다대학 교수였지만 도영주택에서 살았습니다. 물론 기시 요코 씨와 재혼한 후부터는 생활이 달라졌지만요. 기시 씨는 제 친구이기도 합니다. 친구가 스승님의 사모님이 된 셈입니다. 오다기리 스스무小田切進가 쓴 안도 히코타로 이야기가 있으니 찾아보기 바랍니다.

곽형덕 안도 선생님은 전쟁에 나가셨나요?

오무라 마스오 결핵으로 전쟁에는 나가지 않았습니다.

곽형덕 선생님께서 연변에 관심을 갖게 된 것도 안도 선생님의 영향이 있나요?

오무라 마스오 그렇습니다. 안도 선생님은 중국 소수 민족을 관심 있게 탐구했습니다. 안도 선생님은 일본조선연구소를 만든 사람 중 한 명입니다. 국회의원인 후루야 사다오古屋貞雄, 안도 히코타로, 일본공산당원인 역사학자 데라오 고로 등이 모여 만들었습니다. 큰 역할은 하지 않았지만 교육학자인 오자와 유사쿠小沢有作 등도 있었습니다. 이분들은 북한에도 가서 김일성 주석과도 만났습니다. 북한을 거쳐 연변을 갔고 중국에서는 주더하이朱德海 등과도 만났고요. 데라오 고로는 일본조선연구소를 반쯤 운동 단체로 만들었어요. 대신 학술적인 부분은 안도 선생님께 맡기는 식이었습니다. 안도 선생님은 역사학적 관점에서 연변延边에서의 항일운동을 다루는 글을 썼습니다. 연변에 다녀와서는 「연변기행」이라는 글을 썼고 동양문화연구소에 발행하는 잡지에 게재됐지요. 그래서 그걸 읽고 저도 연변에 가고 싶다고 생각했습니다. 기행문이지만 역사에 관한 내용입니다.

곽형덕 선생님께서 문화대혁명을 어떻게 보셨습니까?

오무라 마스오 처음에는 안도 선생님의 영향으로 혁명 만세의 태도였습니다. 종래의 중국문학은 흥미롭지 않으며 그것을 모두 타도하자는 것이었으니 처음에는 전면적으로 수용했습니다. 하지만 점차 진상을 알게 됐습니다. 중국 지식인 대부분이 정부의 탄압을 받고 있다는 사실을 알게 되면서 문혁으로부터 마음이 멀어져갔습니다. 중국학을 하는 다케우치 미노루는 처음부터 비판적이었습니다. 저는 중국 어언 연구中国語言研究 방중대표단의 일원으로 1967년에 중국에 갔습니다. 문혁이 시작되고 얼마 지나지 않은 시점입니다. 상황이 엄중해서 호텔 안에만 있고 거의 밖에 나가지 못하게 하더군요. 저는 지금도 문혁에 대해서는 비판적입니다. 중국 사람들은 비판하면서도 그것을 따르는 측면이 있습니다. 안도 선생님은 중국의 의견을 그대로 받아들였습니다. 그래서 젊은 제자들이 선생님 곁을 떠나갔습니다. 그걸 어떻게 평가할지는 제 몫이 아닌 듯합니다.

곽형덕 선생님께서 연변에 관심을 갖게 된 계기는 안도 선생님 외에도 있나요?

1991년 8월 10일, 연변.
안도 히코타로와 함께.

오무라 마스오 최서해의 소설을 열심히 읽었습니다. 연변을 무대로 한 소설 「탈출기」를 읽은 것이 하나의 계기였어요. 그래서 그곳에 가면 관련된 무언가를 찾을 수 있을 것이라 기대했고요. 「탈출기」는 자전적 소설로 연변으로 이주한 조선인 '나'가 살려고 발버둥치다 궁핍의 늪 속에서 자각하여 집을 떠나 어떤 집단에 들어가는 내용이에요. 마음에 쏙 드는 작품은 아닙니다. 번역은 했지만요. 연변에 가면 최서해 소설의 배경도 그렇고, 옛 만주지역으로 가서 조선문학 관련 문헌을 찾아보려 했습니다. 조선문학 관련 자료가 잘 보존되어 있을 것이라고 막연히 생각했죠. 하지만 제 기대와 현실은 무척 달랐습니다.

곽형덕 현재 중국의 행보에 대한 소회를 들려주시기 바랍니다.

오무라 마스오 동시대 일은 이젠 제 몫이 아닙니다. 그건 젊은 중국 연구자에게 맡기면 됩니다.

1965년 한일조약 이후의 한국문학

곽형덕 일본에서 조선문학 연구 상황을 보면 1965년에 한일조약이 체결된 시기를 전후로 해서 큰 변화가 있는 것 같습니다. 이를테면 해방 후에는 재일조선인이나 일본공산당의 중심이 되어 북한문학을 주로 다뤘다고 한다면, 1965년 이후에는 한국문학이 우위를 차지하는 것 같습니다. 선생님의 조선문학 연구는 이러한 시대적 배경과 어떻게 맞물리는 것일까요?

오무라 마스오 1965년까지 일본에서 조선문학 연구라 하면 북한문학뿐이었어요. 그때까지 한국문학은 시야에 전혀 없었습니다. 하지만 제가 '조선문학의 모임'을 조직해서 1970년에 『조선문학－소개와 연구』를 처음으로 발행했을 무렵에는 상황이 완전히 바뀌었습니다. 저희가 낸 잡지를 보면 한국문학이 중심이고 북한문학 쪽이 오히려 적은 것을 알 수 있습니다. 65년 이후부터 지금까지 그런 현상은 일본 내에서 변함이 없어요. 북한문학을 경시하고 한국문학을 중시해서 그렇게 된 것은 아니에요. 읽고 교류할 수 있는 대상으로서 한국과 한국문학이 압도적이었다고 해야할 겁니다. 그렇다 하더라도 조선문학 자체가 말씀 드렸던 것처럼 학계나 대중에게 제대로 인식되지 않고 있는 상황은 변함이 없었습니다. 『조선문학－소개와 연구』를 창간하는 과정에서 윤학준이 큰 역할을 했으나 멀어져 갔습니다. 1961년에는 일본조선연구소가 창립됐습니다. 나중에 현대코리아연구소로 이름을 바꿉니다. 이름이 바뀌면서 명칭도 성격도 바뀌었고요. 저는 창립에는 관여하지 않았지만 와세다대학에서 어학을 가르치기 시작하면서 그곳의 일원이 됐습니다. 일본조선연구소는 사회운동을 하는 단체였습니다. 1965년 한일조약에 즈음해서 가지무라 히데키梶村秀樹나 미야타 세쓰코宮田節子 씨 등이 정말 화려하게 활동을 벌였습니다. 그 과정에서 하타다 다카시旗田巍 선생이 약간 뒤로 밀려 났습니다. 하타다 씨가 "조선학은 차별부락이다"라는 말을 해서 큰 파문이 일어났습니다. 그 말인즉 조선학은 학문으로서 정착되기는커녕 일본 내에서 차별을 받는다. 전체 학문의 1%도 차지하지 못하고 있다는 취지의 내용이었습니다. 이에 대해서 『조선평론朝鮮評論』에서 논쟁이 오고가기도 했고요. 일본조선연구소 측에서 제게 운동

청년시절의 가지무라 히데키(사진 = 오무라 마스오).

차원에서 북한의 자료를 번역해 제공하라는 요청이 왔던 적이 있었지만 제가 거절했습니다. 연구소 내에 문학부가 있었으나 실제로 활동을 하는 사람은 거의 없었습니다. 조선문학이라 해도 재일조선인 문학을 읽는 모임이 됩니다. 언어의 장벽이란 게 그렇게 높습니다.

곽형덕 저는 반둥회의 이후에 아시아와 아프리카에서 맹렬히 전개된 아시아·아프리카작가회의에 관심이 많습니다. 최근에 아시아 아프리카 도쿄대회와 관련된 논문을 쓰기도 했습니다. 도쿄대회는 1961년에 열리는데, 그 대회에는 한국도 북한도 출석을 하지 못했습니다. 한국은 초대를 받지 못한 모양이지만, 북한은 초대를 받았는데 일본 당국이 입국을 불허했다고 합니다. 대신에 조선총련 소속 작가들이 대신 참가해서 참가국이 아니라 '조선'이 참가했다는 식으로 뭉뚱그리고 있습니다. 북한 대표단의 입국을 막은 것을 두고 오에 겐자부로가 통렬하게 비판하는 글을 쓰기도 하는 등 당시에 조선에 대한 관심이 조금씩 생기고 있었던 것 같습니다. 제3세계문학의 재발견과 재창출이라는 측면에서 선생님의 조선문학 연구도 저류에서는 이와 이어진 부분이 있다고 생각하는데 어떠신지요?

오무라 마스오 글쎄요. 일단 저는 아시아 아프리카 작가회의와 아무런 관련이 없습니다. 그 당시에는 우선 공부를 해야 한다고 생각해서 전혀 관여하지 않았습니다.

곽형덕 그래도 시대적 분위기라고 할까 그런 부분에서 일정 부분 영향을 미친 것이 아닐지요. 일단 65년의 한일조약이 커다란 분기점이라는 것은 잘 알겠습니다. 그러면 그 이후의 상황은 어떻게 전개됐나요? 무언가 이정표가 될 만한 일이 있었다면 알려주시기 바랍니다.

오무라 마스오 1970년대 이후부터 1988년 서울올림픽 전까지 소강 상태가 꽤 오래 계속됐습니다. 1984년에 『조선단편소설선朝鮮短篇小說選』이와나미문고을, 1988년에 『한국단편소설선韓国短篇小説選』이와나미서점을 저와 조 쇼키치, 사에구사 도시카쓰三枝寿勝 씨가 함께 작업해 출간됐습니다. 그런데 올림픽 즈음에 출간한 『한국단편소설선』은 전혀 팔리지 않았습니다. 『조선문학단편선』 쪽이 훨씬 많이 팔렸을 겁니다. 제목에서 보듯이 두 책의 체제는 전혀 다릅니다. 전자는 해방 이전 작품을, 후자는 동시대 한국문학선이죠. 식민지 시기 조선문학에 대한 관심보다, 이웃에서 현재 전개되고 있는 한국문학에 대한 관심이 더 희박하다는 것이 일부 입증되는 것이 아닐까요? 현대한국문학에 대한 관심은 최근에 많이 생겼지만 불과 십여 년 전까지만 해도 전무

하다고 할 수 있는 상태였습니다. 니시다 마사루西田勝 씨가 만든 식민지문화학회植民地文化学会도 현대 한국문학이 아니라 식민지 시기의 문학을 주로 다루는 등 동시대의 문학을 향한 학계의 관심은 희박했습니다. 참으로 안타까운 일이라 하지 않을 수 없습니다.

사회적으로도 그렇고 학문적으로 조선문학은 일본 사회 안에서 시민권이 거의 없었습니다. 한류를 등에 업고 활황을 보이던 한국어·조선어 수강생도 최근 많이 줄었다고 합니다. 최근 한일 관계나 중일 관계가 좋지 않다보니 조선어와 중국어 수강자 수도 감소 추세라고 하더군요.

일본에서 한국문학을 연구하는 의미

곽형덕 선생님이 어떻게 조선 / 한국문학에 입문하시게 됐는지에 대한 흥미로운 말씀 감사드립니다. 제가 평소부터 궁금했던 것을 여쭤보고 싶습니다. 물론 일본 내 학계에서는 조선 / 한국문학에 대한 관심과 문제의식이 과거와 비교해 보면 많이 달라진 것 같습니다. 조선 / 한국문학을 향한 일본 내의 관심은 'NHK 한글 강좌'남과 북 양쪽과 갈등을 피하기 위해 조선어, 한국어도 아닌 한글이라고 붙이고 있다의 인기와 비교해 보면 여전히 편향되어 있는 것 같습니다. 선생님은 1950년대 말에 조선어 공부를 시작하셨고, 1960년대 초에 조선문학에 본격적으로 관심을 품기 시작하셨습니다. 선생님의 연구 여정을 되돌아보시고, 조선문학 연구가 처해 있는 상황에 대해서 말씀해 주셨으면 합니다. 우선 그와 관련된 첫 번째 질문으로 해방 직후 일본에서의 조선문학 연구 상황을 알려주셨으면 합니다.

오무라 마스오 해방 직후 민단에 문학자는 아무도 없었노라고 말씀드릴 수 있습니다. 문학이라 하면 남이 아니라 북과 직간접적으로 관련된 것뿐이었고요. 해방 직후에 일본에서 '재일조선인'이 중심이 되어 『민주조선』이라는 잡지를 만듭니다. 당시에는 좌우 가릴 것 없이 모여들었습니다. 김달수와 한덕수가 주축이 되어 『민주조선』을 간행해 나갔고요. 그들이 축으로 삼은 작가는 임화였습니다. 이들은 해방 직후부터 프롤레타리아문학의 과거에 대해서 약간의 반성을 하면서 민주문학을 전개해 나가고자 했습니다. 그것이 1950년대 무렵까지 이어졌습니다. 저는 그런 분위기 속에서 조선어를 배우기 시작했습니다. 저는 조선총련의 산하 조직인 조선청년동맹 도쿄본부에서 조선어 공부를 시작했습니다. 1958년부터입니다. 일본인이 조선어 학습을 하겠다고 하니 의심스러운 눈초리로 바라봤습니다. 그래서 그곳에서 내건 조건은 전학련全学連 위원장의 도장을 받아오라는 것이었습니다. 학생운동을 하는 일본인이라면 받아들이겠다는 것이었겠죠. 그래서 일단 단념했습니다. 다음해에 가서 겨우 들어간 조선어강습반은 일종의 야학으로 조선어를 잘 모르는 재일조선인 노동자들을 위한 학급이었습니다. 그때 저희를 가르친 것이 박정문 선생님이라는 분입니다. 그분은 대단히 훌륭한 분이셨지만, 야학에서 대학 정규 강의에서나 할법한 내용을 강의했습니다. 그래서 듣는 학생이 점점 줄어들었습니다. 처음에 40~50명의 학생이 있었는데, 결국 남은 것은 저와 조선인 학생 두 명뿐이었지요.

(좌) 노년의 하타다 다카시.
(우) 고마쓰가와사건의 이진우(가운데).

조선어를 공부하는 사이에 일본 사회를 발칵 뒤집어놓은 고마쓰가와사건小松川事件이 1958년 8월 17일에 터졌습니다. 재일조선인 청년인 이진우당시 세는 나이로 19살가 여고생을 살해한 혐의로 체포되어 1962년에 사형이 집행됐습니다. 대학원에서의 수업은 중국문학이 중심이었습니다만, 하타다 다카시旗田巍 선생님 수업에서는 『고려사』를 강독해서 저도 들었습니다. 그 하타다 다카시 선생님이 중심이 되어 이진우 구명운동을 전개했습니다. 구명운동에는 일본의 유명 작가인 오카 쇼헤이大岡昇平, 오에 겐자부로大江健三郎 등도 관여했고, 재일조선인 작가인 김달수도 참여했습니다. 이진우가 조선인으로써 차별받고 자라온 사회적 사정을 고려해 형량을 줄여야 한다는 운동이었습니다.

곽형덕 선생님이 이진우와 직접 만났다고 하셔서 깜짝 놀랐습니다. 선생님을 뵌 지가 오래 됐는데 처음 듣는 말씀입니다. 제게 이진우는 오시마 나기사大島渚 감독의 『교사형絞死刑』이나, 오에 겐자부로 소설 『외침 소리叫び声』1963의 모델로 더 익숙한 역사적인 존재입니다. 선생님께서 직접 찾아가서 만나셨던 당시 상황을 듣고 싶습니다.

오무라 마스오 제가 고마쓰가와사건을 접하고 이진우 구명운동에 적극적으로 참여하자 주변에서 저를 바라보는 시선이 달라졌습니다. 조선어를 함께 배운 조선인들도 저를 새로운 시각으로 바라보기 시작했고요. 그러면서 지금의 아내오무라 아키코(성추자)하고도 결혼을 하게 됐습니다. 그 무렵까지도 아내와는 그렇게 친한 사이가 아니라 이진우를 개별적으로 면회했습니다. 이진우는 오히려 저를 위로해 주더군요. 그 당시 이진우와 주고받았던 편지가 있습니다. 언제인가 어느 단체에서 이진우와 관련된 서간을 책으로 출판한다고 해서 보냈는데 제 편지는 수록되지 않았습니다. 그 후 원본을 돌려받지 못해 어디에 갔는지 알 수 없습니다. 복사본이 조선장학회에 있다는 소식만 들었을 뿐입니다. 아마 지금도 보관하고 있겠지요. 고마쓰가와사건에 개입하며 저는 재일조선인만이 아니라 조선인과 관련된 문제에 흥미를 품기 시작했습니다. 조선어를 배우면서 조선문학이 읽고 싶어졌는데 마침 일제 말 조선어로 간행된 잡지인 『문장』을 재일조선인 작가인 이은직 선생이 소장하고 있다는 소식을 듣고 찾아갔습니다. 하지만, 일본인이 『문장』를 어떻게 이용할지 모른다면서 열람을 허락하지 않더군요.

곽형덕 요코하마에 있는 한 시설에서 저와 함께 만났던 분이 맞으시죠? 다이어리를 보니 2014년 8월 30일로 나와 있습니다. 90대 후반의 연세라 두 분께서 필담을 하며 대화를 나누셨던 것이 생생합니다.

오무라 마스오 이은직 선생은 2016년에 돌아가셨어요. 요코하마에서 저희를 안내해줬던 이혁 씨가 엽서로 알려 왔습니다. 이혁 씨는 이은직 작가의 아들로 조각가이기도 합니다. 다시 원래 이야기로 돌아가보면, 그때 제게 『문장』를 보여준 것은 김달수였습니다. 자신의 서재를 마음대로 드나들며 보라고 해서 며칠인가 거기서 사진으로 찍었습니다. 인화지를 확대해서 읽었습니다. 그때 『건설기의 문학』이나 임화의 시집 『너 어느 곳에 있느냐』 등을 탐독했던 기억이 납니다. 작품다운 것을 제대로 읽은 것은 최서해의 「탈출기」입니다. 제가 읽었던 책은 북한에서 나왔던 것이라서 편집상의 가필이 있었던 것인지도 모릅니다. 그 책을 읽고 무척 감동했습니다. 제 아내와 아내

(상) 2014년 8월 30일, 이은직 작가와 필담중인 모습(사진 = 곽형덕).
(하) 1960년 무렵 오무라 오무라 마스오가 안보투쟁에 참가하면서 찍었던 사진.
'다케우치 그만두지 마, 기시 그만둬'라는 피켓이 인상적이다(사진 = 오무라 마스오).

의 친구인 이소령이라는 도쿄대학 학생 이렇게 셋이서 조선문학 읽기모임을 열었습니다. 이소령 씨의 아버지는 제주4·3사건 이후에 일본으로 밀항한 분입니다. 셋이서 한 번 모이면 정해진 작품의 몇 페이지 정도를 읽고 대화를 나누는 소박한 모임이었어요. 셋이서 읽기 모임을 마치고 나서 국회 앞에서 열린 안보투쟁安保鬪争 데모에 나갔습니다. 잘 아시겠지만 안보투쟁은 1959년부터 1960년까지 일본에서 미국 주도의 군사동맹에 반대해 일어난 노동자, 학생 및 시민 주도의 대규모 시위운동입니다.

곽형덕 그런데 제가 읽은 책을 보면 이진우가 무죄라고 주장하는 분들도 있더군요.

오무라 마스오 그가 무죄라는 것을 증명하는 일은 불가능합니다.

곽형덕 약간 이야기가 샛길로 새서 죄송하지만 당시 일본 사회의 분위기 속에서 일본인과 재일조선인 사이의 결혼은 쉬운 일이 아니었을 것 같습니다. 양쪽 집안의 반대에 부딪치셨을 것 같은데요.

오무라 마스오 반대가 말도 못했습니다. 그걸 구체적으로 말씀드리는 것은 대담 취지와도 맞지 않을 듯합니다. 다만 결혼하기 전에 아내가 "일본이 조선을 침략한 것에 대해서 어떻게 생각해요?"라고 물어서, 그건 내가 한 것이 아니라서 잘 모르니 제대로 조사를 해서 알아보겠노라 했습니다. 나중에 안 일이지만 아내가 그렇게 대답한 것이 마음에 들었다고 하더군요.

오무라 아키코 제 오라버니가 일본인하고 결혼하는 것은 안 된다고 반대해서 저를 잡으러 다니는 통에 여기저기 숨어서 지내야 했어요.

곽형덕 선생님은 대학에서 중국어 강사를 하셨다고 알고 있습니다. 중국어 강사로 대학교원 생활을 시작하신 것인지요?

오무라 마스오 흔히 그렇게 다들 알고 있지만 그렇지 않습니다. 저는 고등학교 선생님을 하다가 1963년 와세다대학에서 일본어 강사로 첫 강의를 시작했습니다. 처음에 가르친 과목은 중국어가 아니라 일본어였습니다. 와세다대학 어학교육연구소에서 유학중인 중국인과 한국인 학생을 가르쳤습니다. 하지만 제게는 아무런 권한도 없었어요. 일주일에 20시간 가까이 수업을 했습니다. 그 수업이 와세다에서 유학생을 상대로 한 일본어 교육의 시작이었습니다. 강사진 중에는 일제 말에 동남아시아 점령지에서 현지인에게 일본어를 가르쳤고 패전 후에는 진주군인 미군에게 일본어를 가르친 사람도 있었습니다. 일본어 수업은 한자권과 그 외 두 개의 교실로 나눠졌습니다. 저는 한자권 학생들에게 일본어를 가르쳤습니다. 어학교육연구소에 교직원을 대상으로 한 조선어 강좌가 생긴 것은 1961년 혹은 1962년입니다. 그때 저는 고등학교 교원이었는데 조선어 선생으로서 적당한 사람을 추천해 달라는 부탁을 받았습니다. 그다음 해부터 재학생을 대상으로 조선어 초급반 강의가 시작됐습니다.

곽형덕 이번에 김석범 선생님이 제1회 이호철통일로문학상 수상자로 결정되셨습니다. 은평구에서 50여 년 동안 작품 활동을 했던 이호철 작가의 문학 활동과 통일을 향한 염원을 기리기 위해 서거 1주기를 맞아 올해 제정된 문학상입니다. 선생님께서 오랜 세월 동안 바라보신 재일조선인문학에 대한 생각을 들려주셨으면 합니다.

오무라 마스오 직접적인 관련은 없습니다. 제가 했던 조선문학 동인지 『조선문학—소개와 연구』에서 재일조선인 작가들의 작품을 소

2014년 5월 31일, 제주도 탑동. 김시종 시인과의 첫 만남(사진 = 곽형덕).

개한 정도입니다. 김시종, 강순의 시집을 창간호에서 소개하기도 했습니다. 개인적인 친분이 있었던 것은 역시 김달수와 정장 시인 정도입니다. 정장 시인과는 최근에 김학철 작품집을 함께 내면서 자주 만나게 된 것이고요. 김시종, 김석범 등과는 교류가 없었습니다. 김시종 시인과는 2014년에 원광대의 김재용 교수와 함께 한 '식민주의와 문학' 국제심포지엄 10회 모임 때 제주도 탑동에 있는 횟집에서 만난 것이 최초입니다.

재일조선인문학자들은 김사량을 시조로 생각합니다. 김사량이 재일조선인문학자인지 아닌지는 약간 문제적이나, 그건 다른 연구자들이 많이 다루었으니 넘어가도록 하죠. 재일조선인문학은 일본이 패전한 후부터 시작된 것이라고 봅니다. 전전戰前에도 장혁주, 김일선

등 일본어로 쓴 작가들이 있습니다. 김달수도 그중에 한 명인데 전후 戰後에도 일본에 남아 작품 활동을 이어간 것이고요. 이은직, 정승박 등도 있습니다. 이은직이나 정승박은 유명하지는 않지만 그래도 아쿠타가와상 후보까지 올라간 작가들입니다. 허남기도 있습니다. 그런 세대를 이어서 김시종과 김석범이 나왔습니다. 그 후배로는 양석일과 이회성이 있고요. 이양지, 유미리 등도 나왔습니다. 이호철통일로문학상 초대 수상자로 김석범이 뽑힌 것은 그런 재일조선인문학의 대표성을 인정받은 것이라고 할 수 있겠네요. 전에 한국에서 그런 문학상을 받은 재일조선인이 있습니까?

곽형덕 제가 아는 범위 안에서는 없습니다.

오무라 마스오 이호철 선생 말씀을 하시니 1974년에 일어난 '『한양』사건'이 떠오르네요. 임헌영, 이호철, 김우종, 장병희, 정을병 이렇게 5명이 잡혀갔습니다. '문인간첩단사건'이라고도 합니다. 보안사에서 임헌영과 이호철 등이 일본 민단계 재일 동포가 발행하는 『한양』에 글을 기고한 것을 빌미로 간첩죄와 국가보안법 위반죄로 구속수사를 한 사건입니다. 일본에서는 앰네스티를 중심으로 운동을 벌였습니다. (앰네스티일본지부 『한국의 솔제니친-이호철, 김우종 등 5명의 문인을 구하자』1974를 서재에서 찾아온 후) 책자를 보면 "『한양』에는 이들 5명만이 아니라, 한국문단의 중진을 시작으로 수백 명에 이르는 문인들이 투고를 했으며, 또한 재일한국거류민단의 간부 등 사회적 지위가 명확한 사람들이 찬사讚辭를 보냈습니다. 또한 『한양』은 1962년 3월에 창간된 이래, 지면을 통해서 민족적 입장에 선 한국의 자립적, 민주적 발전을 기하면서 민족의 평화적 통일을 위해서 노력할 것을

앰네스티일본지부, 『한국의 솔제니친 – 이호철, 김우종 등 5명의 문인을 구하자』, 1974.

명확히 밝히고 있습니다"라고 하고 있습니다. 그러면서 "우리는 일본의 문학자, 지식인으로서 이 5명의 문학자만의 문제가 아니라, 최근 한국에서 벌어지고 있는 일련의 사태, 특히 재일한국인과 관련된 사건이 계속되고 있는 것이 한일 양국의 우호와 친선에도 결코 좋은 영향을 미치지 않음을 우려하고 있습니다"라고 하며 이들의 무죄 석방을 탄원했습니다. 성명서에 서명한 것은 일본의 지식인 35명으로 시바 료타로, 노마 히로시를 시작으로 오에 겐자부로의 스승인 와타나베 가즈오 씨도 있습니다. 김우종 씨와 함께 도쿄역에서 찍은 기념사진이 간첩 행위를 한 증거로 채택되기도 했습니다. 어떤 간첩이 과연 기념사진을 그렇게 찍어서 남길까요.

곽형덕 선생님과 김우종 선생님의 인연은 여러 번 듣기는 했지만 이렇게 구체적으로 말씀해주신 것은 처음인 것 같습니다. 『한양』은 저도 관심이 있어서 읽고 있는 중인데 당시의 맥락을 파악하는데 큰 도움이 될 것 같습니다.

고마쓰가와사건, 조선학 연구로

곽형덕 아직도 제게는 잘 이해가 되지 않는 부분이 있습니다. 바로 중국학에서 조선학으로 전환해 가는 동기라고 해야 할지 무언가 큰 계기가 있었을 것 같습니다.

오무라 마스오 처음에는 하타다 다카시旗田巍 선생님의 고려사 수업을 들었습니다. 1957~1958년의 일입니다. 제가 조선학을 하기로 결심하게 된 데는 고마쓰가와사건小松川事件이 가장 결정적인 전환점이었습니다. 고마쓰가와사건은 1958년 도쿄도에서 일어난 재일조선인 이진우에 의한 여고생 살인사건을 말합니다. 저는 당시 도쿄 신코이와新小岩에 살고 있어서 시노자키篠崎에 있는 이진우 가족의 집까지 버스를 타고 갔습니다.

곽형덕 지난번에도 이진우 이야기를 하셔서 인상적이었습니다.

오무라 마스오 이진우 구명운동은 하타다 다카시의 주도로 이뤄졌고 영향력이 상당히 컸습니다. 고마쓰가와사건을 접한 후 재일조선인의 살아가는 모습을 보면서 조선말을 배우고자 마음먹었습니다.

곽형덕 조선문학 연구를 결심하신 후 당시 어떤 분들과 함께 활동하셨나요?

오무라 마스오 제가 조선문학 연구를 시작했을 때는 조선인 동료뿐이었습니다. 윤학준, 임전혜任展慧 씨 등이 그들입니다. 조 쇼키치 씨는 1968~1969년 사이에 한국에 다녀왔습니다. 조 쇼키치 씨는 외대 중국어과 출신입니다. 가지이 노보루 씨는 도야마대학의 교수가 됐습니다. 중학교에서 생물학을 가르치던 분입니다. 가지이 씨는 한때 일본학교로 바뀐 조선인학교에 부임한 적이 있었다고 합니다. 그때 학생들의 이름을 일본식으로 읽자 아무도 대답을 하지 않았다고 합니다. 그때 큰 충격을 받은 모양입니다. 『도립조선인학교의 일본인 교사都立朝鮮人学校の日本人教師』에 그때의 경험이 자세히 나옵니다. 가지이 씨는 번역도 했지만 질이 거칩니다. 다나카 아키라田中明라는 분도 있습니다. 전전에 용산중학교를 나와 도쿄대학에 진학한 후 아사히저널의 편집장을 역임했습니다. 전후, 특파원으로 한국에 갔다가 한국문학에 관심을 품었다고 합니다. 제가 1970년에 조선문학의 모임을 만들었을 당시는 이외에도 다양한 전공과 관심을 가진 사람들의 모였습니다. 조선총련이 주도한 것이 아닌 독립적인 첫 번째 조선문학 연구 모임이었습니다. 패전 이후 일본인에 의한 첫 번째 조선문학 연구 모임이기도 합니다. 『조선문학-소개와 연구』는 연구 모임의 가시적인 성과였습니다.

곽형덕 일본조선연구소와 비교하면 어떨지요?

오무라 마스오 일본조선연구소는 일본인들이 조선총련과 관계를 맺어 오다 독립했습니다. 후루야 사다오古屋貞雄 씨가 이사장이었습니다. 그 아래로 안도 히코타로, 테라오 고로 등이 있었습니다. 다케우치 요시미는 창립 멤버이기는 했으나 창립대회 이후 한 번도 얼굴을 내민 적이 없습니다. 연구소 자체에 의문을 품고 있었던 것은 아닐까요. 일본조선연구소는 일본공산당과 관계가 있었으니까요. 다케우치 씨는 일본공산당을 비판했으니 함께 할 수 없었을 겁니다. 하타다 다카시는 당리당략과는 거리가 먼 사람이었으나 좌담회 등에는 적극적으로 참여했습니다. 하지만 중심 멤버는 아니었어요.

곽형덕 총 20여 권으로 이뤄진 『근대조선문학일본어작품집近代朝鮮文学日本語作品集』緑蔭書房은 근대 이후부터 해방 전까지 조선인이 쓴 일본어 작품을 총망라해서 싣고 있습니다. 이 작품집을 만드는 것은 선생님의 후반기 작업의 정수라고도 할 수 있을 것 같습니다. 출판된 것은 2001년부터 2008년까지지만 준비 기간까지를 합치면 거의 십여 년이 넘게 걸린 대작업인 셈입니다.

오무라 마스오 이 작품집은 1, 2, 3기가 있습니다. 1기는 제가 관여했으나 2, 3기는 사실상 호테이 도시히로布袋敏博가 주도했어요. 출판사의 요청으로 기초 문헌을 만든다는 생각으로 시작했습니다. 1차 자료를 정리해서 연구의 기초를 만들고자 했습니다. 출판사에서도 적자를 보지는 않았을 겁니다. 이 책이 나오기 전에는 만주문학 자료나 기사 색인 등을 만들기도 했습니다. 그 목록을 바탕으로 호테이 씨랑 작업을 해서 만든 것이 『근대조선문학일본어작품집』입니다. 처음에는 목록을 만들고 그것을 바탕으로 작품집을 만들 생각이었습니다. 그런데 작업을 하는 사이에 새로운 자료가 나와서 목록에는 없으나 작품집에는 있는 것도 있습니다. 목록에는 있지만 작품집에는 없는 것도 있습니다. 하이쿠 등이 그렇습니다. 성질이 다르다고 생각했습니다. 그래서 목록과 작품집 사이에 다소의 어긋남이 존재합니다.

곽형덕 로쿠인쇼보綠蔭書房는 어떤 출판사입니까? 대학원 시기에 로쿠인쇼보에서 나온 책의 도움을 많이 받았습니다.

오무라 마스오 로쿠인쇼보는 1인 출판사입니다. 인세를 저자에게 주지 않는 출판사지만 좋은 작업을 합니다. 물론 책값은 비쌉니다. 자료집을 만드는 곳이라 수요가 그렇게 많지는 않으니까요. 조선 관계도 꽤 내고 있습니다. 이제 그 작품집을 낸 지 20년이 넘었는데 그것으로도 모자라서 제4기를 내야 한다는 이야기도 있습니다. 제가 몇 해 전에 소개한 김일선의 일본어 작품은 한 편도 들어있지 않습니다. 최근에 발굴된 작품도 꽤 있습니다. 곽형덕 선생이 『근대서지』에 최근에 소개한 김종한이나 김사량 등의 작품도 추가해야 합니다.

곽형덕 선생님의 문학 연구 여정을 살펴볼 때 빼놓을 수 없는 작가나 연구자가 몇 분 보입니다. 김학철, 윤동주, 김용제, 임종국 등입니다. 그 외에도 많은 작가를 연구하셨고 번역도 하셨지만, 역시 이 네 분이 선생님 연구 인생의 중심축이 아닐까요. 이 네 분의 문학 여정을 들여다보면 역시 한국문학이라는 용어로는 수합이 되지 않습니다. 윤동주만 해도 북간도, 경성, 도쿄 등을 거쳐 갔고, 김학철 또한 중국대륙과 한반도 그리고 일본과의 관련을 떠나서는 논하기 힘듭니다. 이 네 분 중에서도 특히 윤동주와의 만남은 특기할 만한 사건인 것 같습니다.

오무라 마스오 사실 저는 윤동주의 시를 읽기는 했지만, 처음에는 그렇게까지 강렬한 느낌을 받지 못했습니다. 1984년 1월 즈음이었을 겁니다. 일본 국회도서관의 부관장인 우지고 쓰요시宇治郷毅 씨가 윤동주 시인의 동생 윤일주 씨를 소개해 줬습니다. 우지고 씨는 도시샤대학 출신으로 윤동주를 일본에 처음으로 소개한 분입니다. 윤일주 씨는 시인이자 건축학자로 성균관대학 교수를 역임했습니다. 윤일주 씨가 마침 도쿄대학에 연구를 위해 와 있으니 한 번 만나보라고 하더군요. 그 무렵 윤일주 씨는 건축을 연구하고 있었는데 건강이 많이 좋지 않은 상태였습니다. 저는 그때 조선문학과 만주와의 관련을 연구하고 싶어서 연변으로 갈 예정이었습니다. 연변행의 제일목표는 만주관계 자료를 수집하는 것이었습니다. 그런 찰나에 윤일주 씨가 윤동주 시인의 묘를 찾아달라고 하더군요. 연변대학으로 가게 됐는데 그 과정은 순탄치 않았습니다.

어찌된 영문인지 그 후 연변대학에서 저를 받아들이겠다는 연락이 왔습니다. 떠나기 바로 직전인 3월이었어요. 4월에 출발해야 하는데 말이죠. 퍽 가고 싶었던 연변대학에 그렇게 가게 됐습니다. 이와 관련된 자세한 내용은 『한국문학의 동아시아적 지평』에 실려 있는 「연변 생활기」를 보시면 됩니다. 제가 연변대학에 방문교수 등으로 가신 줄 아는 분이 많은데 그렇지 않습니다. 저는 연구생 신분이었습니다. 연구생이 뭐냐 하면 대학원에 진학하기 위해 임시로 대학에 적을 두는 제도입니다. 그런데 연변대학에 학비 등을 내라는 것이 아닙니까. 외국인 학생은 학비를 중국인 학생보다 훨씬 많이 내야 한다는 통지가 왔습니다. 그래서 연변대학과 교섭을 해서 학비 대신에 일본어를 가르쳐서 비용을 상쇄하기로 했습니다. 외국인 연구자를 전가專家로 받아들이면 당국에서 보조금이 들어오는데 그건 전부 연변대학에서 가져갔습니다. 전가는 국가가 초빙하는 전문가라는 뜻입니다.

시간이 지나면서 윤일주 씨가 그려준 약도가 생각났습니다. 우지고 쓰요시 씨의 소개로 만났을 때 제게 직접 그려준 겁니다. 연변대학에 가서 그 약도를 바탕으로 해서 부탁받은 묘를 찾을 생각을 하기 시작했습니다. 말씀드린 것처럼 윤동주 시인의 묘를 찾는 것은 부차적인 것이었지 연변 '유학'의 첫 번째 목표는 아니었습니다.

곽형덕 그럼 그때까지 연변 조선족들은 윤동주 시인의 존재에 대해서 잘 몰랐던 것인가요?

오무라 마스오 그랬습니다. 그 당시 윤동주가 누구인지조차 연변에서는 몰랐던 것 같아요. 당시 한국에서 기증한 시집이 도서관에 별

치되어 있었지만 아무도 관심이 없었다는 표현이 맞을 겁니다. 그런 걸 알 수 있는 시대가 아니었어요. 당시 연변에는 재미동포도 있었지만 그 분들도 윤동주가 누군지 모르더군요. 그 당시는 외국인 문학 연구자가 연변에 드나들던 시기가 아니었습니다. 간략한 약도 하나를 들고 묘를 찾는다는 것은 꽤나 막막하게 느껴졌어요. 더구나 당시 중국은 외국인이 멋대로 행정 구역을 넘어 다닐 수 없었습니다. 용정에 가려고 해도 당국의 허가증이 필요했습니다. 그래서 1985년 4월 들어서 일단 윤일주 씨의 친구에게 약도를 보여주면서 부탁을 했지만 찾을 수 없다는 연락이 오더군요. 그렇다면 좋다, 내 눈으로 확인하고 직접 찾아보자는 생각에 달려들게 된 겁니다. 1985년 봄, 우선 연변대학의 도움으로 공안에 접수를 하고 통행증을 받고 같은 해 5월 14일에 윤동주 시인의 묘를 찾으러 떠났습니다. 연변대학 부총장인 정판룡 선생에게 부탁을 하자 지프차를 준비해 주더군요. 그걸 타고 길이 없는 곳을 찾아다니다 보니 '시인 윤동주'라는 묘비가 세워진 무덤이 나왔던 겁니다.

곽형덕 덤덤하게 말씀하시지만 시인의 묘를 찾았을 때의 감격은 말로는 표현이 안 되셨을 것 같습니다.

오무라 마스오 지프차를 모는 한족 운전사와 권철[조선족 연구자], 이해산[조선족 연구자] 씨, 용정중학교의 한생철[조선족] 씨가 함께 갔습니다. 지프차로 가는데 산 전체가 묘라서 어디에 있는지 찾기가 힘들더군요. 그러던 중 이해산 씨가 묘를 찾았다고 소리를 질렀습니다. 묘를 두 눈으로 확인하고 아무런 말도 하지 못했습니다. 시인 윤동주라고 묘비에 써 놓은 것을 보고 놀랐습니다. 가족들은 윤동주를 이미 시인으

(상) 윤동주 시인의 묘를 찾은 후의 모습.
(하) 윤동주 시인의 묘를 찾은 후 시를 낭송하고 있는 모습.

로 인정하고 있었던 겁니다. 부모님의 마음이 절절히 전해지는 비문을 한동안 읽었습니다. 나중에 묘지를 찾는 과정을 일본에서 발표해 윤동주 시인의 묘는 다시 세상에 모습을 드러냈습니다. 애석하게도 윤일주 씨를 직접 만나 묘를 찾았노라고 말씀드리지 못했습니다. '유학'을 마치고 귀국해 보니 이미 돌아가신 후였습니다. 윤일주 씨의 아들인 윤인석 일가와는 이후 친밀하게 만나고 있습니다.

묘를 찾은 후에 윤인석 씨의 어머니인 정덕희 여사께서 육필 원고를 꺼내서 보여줬습니다. 그러면서 하시는 말씀이 일본인이 아니라 한국인 연구자들이 연구할 때까지 기다려달라고 하셨습니다. "혹시 이에 대해 발표하더라도 한국인 학자가 발표한 후"에 했으면 한다는 부탁도 있었고요. 저는 원본을 연구하겠다고 나서는 동포 학자의 출현을 기다리자는 말씀을 따르기로 했습니다.

곽형덕 윤동주 시인의 육필 원고를 연구자로서 처음 접한다는 것은 대단히 감동적인 순간이셨을 것 같습니다. 그런데 한국인 연구자가 나타날 때까지 (일본인 연구자는) 기다려야 한다는 말씀을 들으셨으니 묘한 기분이 드셨을 것 같은데 어떠셨나요?

오무라 마스오 윤동주 시인의 육필 원고를 처음 본 것은 1986년 여름이었습니다. 그때는 정말 손이 덜덜 떨릴 정도로 감동했어요. 그 원고가 거쳐 온 역사와 유족의 마음이 느껴졌기 때문입니다. 저는 정밀한 예술 작품을 다루듯이 윤동주의 창작노트와 직필 원고를 검토하면서 언젠가 꼭 컬러 사진으로 나오기를 고대했습니다. 하지만 한국인 연구자를 기다려야 한다는 것이 유족의 뜻이니 따라야 한다고 생각했습니다. 그렇게 10년 가까이 흐른 1996년 윤동주 자필 시고에 관심을 품은 한국인 학자가 나타나면서 자필 시고 전집 작업이 진행됐습니다. 단국대학교의 왕신영 교수입니다. 윤동주 유족의 말을 빌리자면 왕신영 교수는 "윤동주의 1차 자료를 상세히 보고 싶다고 청한 지구상의 두 번째 사람"이었고요. 직필 원고를 보고 싶다는 청보다는 기증해 달라거나 사고 싶다는 의뢰는 종종 있었다고 합니다. 그렇게 왕신영 교수가 육필 원고를 면밀히 조사하며 원고를 옮겨 적은 후 컴퓨터에 입력하는 작업이 시작됩니다. 윤일주 씨의 장남 윤인석 성균관대 교수가 이를 지원했고요. 그러는 사이에 유족들이 육필 원고 발간 작업에 함께 할 것을 제게 요청해 왔습니다. 일본에서 활발한 육필 원고 출간 작업 노하우를 살리고 싶다는 뜻도 물론 있었을 겁니다. 왕신영 교수 혼자서도 충분히 해낼 수 있을 것이라며 한 번은 거절했지만 유족의 거듭된 요청에 함께 작업을 하기로 했습니다. 그 과정에서 제가 당시 연세대학교 강사였던 심원섭 씨를 추천했습니다. 심원섭 씨는 『이육사전집』을 작업한 적이 있어서 적임자라고 봤습니다. 이렇게 해서 한일비교문학자인 왕신영, 유가족 대표인 윤인석, 한국문학 연구자인 심원섭, 조선문학 연구자인 저까지 네 명이서 본격적으로 작업을 시작했어요.

곽형덕 선생님께서 제게 주신 『사진판 윤동주 자필 시고전집』이 이렇게 어려운 출간 과정을 거친 것은 처음 알았습니다. 어떤 과정을 거쳐서 출간에 이르게 됐는지 조금 더 구체적으로 말씀해 주시면 좋을 것 같습니다.

오무라 마스오 작업을 진행하며 큰 벽에 여러 번 부딪쳤습니다. 육필 원고에는 삭제, 추가, 수정의 흔적이 있고 메모 등도 있습니다. 그

사진판

윤동주 자필 시고전집

寫眞版 尹東柱 自筆 詩稿全集

왕신영 · 심원섭 · 오오무라 마스오 · 윤인석 엮음

민음사

1996년부터 3년간 작업해 세상에 나온 『윤동주 자필 시고 전집』.

1997년 2월, 『윤동주 자필 시고전집』 공동 작업.
왼쪽부터 심원섭, 왕신영, 윤인석, 오무라 마스오.

러한 퇴고 과정을 하나하나 글자로 담아내는 것에는 한계가 있습니다. 그때까지 유족은 사진판 작업까지는 허락을 해주지 않은 상황이었습니다. 이미 컬러 사진으로 육필 원고를 다 찍어둔 상태이니 원고 사진을 자료집에 함께 싣고 싶다는 마음이 간절했습니다. 그래서 제가 유족 분들께 사진 수록을 허가해 주실 것을 청했습니다. 우여곡절은 있었지만 유족들이 여러 어려움을 극복하고 사진 공개를 전면적으로 허락해 주면서 『사진판 윤동주 자필 시고전집』 출간이 현실화됩니다. 1997년 2월부터 3월에 걸쳐서 저희 네 명은 공동작업에 박차를 가했습니다. 한 달 동안 아침부터 저녁까지 계속 작업을 했습니다. 하지만 3월에 한국 대학이 개강을 하는 시기라서 작업은 1997년 여름방학까지 계속됐습니다. 그런 과정을 거쳐서 『사진판 윤동주 자필 시고전집』이 세상에 나오게 됩니다. 윤동주 연구는 한국인 학자가 중심이 되어 진행하는 것은 당연하지만, 윤동주 시인의 활동 범위나 시 세계를 본다면 일본과 중국연변의 학자들의 연구 또한 중요합니다. 그 외에도 윤동주를 연구한 일본인 연구자로서 겪었던 많은 일들이 있으나 그걸 다 언급하는 것은 적절하지 않은 듯합니다. 그 안에는 개인적인 차원을 넘어서는 지배와 피지배라는 불행한 역사의 문제도 있으니까요. 역사의 아이러니라는 말을 들은 것도 그런 이유에서라고 봅니다. 일본이 윤동주를 죽였는데 그 묘를 일본인이 찾아낸다는 것이 역사의 아이러니라는 겁니다.

곽형덕　정확한 연도는 기억이 나지 않습니다만 2010년으로 기억합니다. 선생님과 사모님을 따라서 '시인 윤동주를 기념하는 릿쿄의 모임詩人尹東柱を記念する立教の会'에 갔던 적이 있습니다. 그때 선생님께서 윤동주 「서시」 번역의 문제점에 대해서 말씀해 주셨던 것이 기억에 각인되어 있습니다.

오무라 마스오　윤동주의 시집 『하늘과 바람과 별과 시』를 이부키 고伊吹郷 씨가 1984년에 완역했습니다. 도시샤대학에 세워진 윤동주 시비에 새겨진 「서시」 일본어역은 이부키 고 판본에 의한 겁니다. 이부키 고는 「서시」의 "모든 죽어가는 것을 사랑해야지"를 "生きとし生けるものをいとおしまねば"라고 옮겼습니다. "모든 살아 있는 것을 사랑해야지"라는 뜻입니다. 윤동주는 「서시」에서 "죽는 날"과 "죽어가는 것" 등 죽음을 두 번이나 쓰고 있습니다. 그런데 그것을 "모든 살아 있는 것을 사랑해야지"라는 뜻으로 번역하는 것에는 동의할 수 없습니다. 이에 대해서는 「윤동주 「서시」 번역에 대하여」라는 논문에서 자세히 썼습니다.

곽형덕 이부키 고 씨는 "모든 죽어가는 것" 대신에 어째서 "모든 살아 있는 것"이라는 뜻을 담은 문장으로 번역한 것일까요?

오무라 마스오 이부키 고 씨의 번역에 찬성하는 사람도 있습니다. 종교적인 관점에서는 그렇게 보일 수도 있을 듯합니다. 경우에 따라 아무리 해도 각각 다르게 번역해야 할 경우도 있지만, '죽는다'는 의미로 해도 충분히 의미가 통하는 이상에는 '죽는다'로 해야 한다는 것이 제 생각입니다. "모든 죽어가는 것" 가운데는 조선의 언어, 생활 풍습, 조선인 인명, 고유문화만이 아니라, 파시즘에 쫓겨나는 자유주의, 민주주의 그리고 일본 서민까지를 포함해도 좋습니다. 모든 죽어가는 것에 윤동주는 무한한 애정을 토로하고 있으니까요.

곽형덕 윤동주문학과의 만남도 그렇지만 임종국 선생님과의 만남도 특별한 의미가 있는 것 같습니다.

오무라 마스오 제가 선생님의 『친일문학론』을 번역하고 싶다고 말씀드렸습니다. 서신 교환을 하다가 천안에 있는 선생님 댁을 찾아가면서 본격적인 교류가 시작됐습니다. 1981년 봄에 처음으로 임종국 선생님 댁을 찾아갔습니다. 천안역에서 30분 정도 산을 넘어서 가야 합니다. 장작을 지피는 온돌집에 전기도 자가발전 방식이었어요. 책상도 없어서 사과상자를 엎어서 쓰더군요. 임종국 선생님은 산에서 밤을 키워 팔아 생계를 유지하고 계셨습니다. 무서운 신념을 지닌 이가 여기에 있다고 생각했습니다. 『친일문학론』은 자료의 한계나 한일회담 반대라는 당시의 정치적 상황 등에 맞물려 생긴 한계가 있지만, 당시 나온 한국 책 중에서는 드물게 자료의 인용이 정확했습니

오무라 미치노와 임종국.

다. 춘추필법으로 쓰였어요. 오로지 사실만을 축적했다고 할까요.

곽형덕 사모님만이 아니라 따님도 동행을 해서 인상적이었습니다.

오무라 마스오 제 딸아이가 빨간 장갑을 끼고 있자 임종국 선생님 따님이 그걸 뚫어지게 쳐다보랍니다. 그래서 딸아이가 그걸 벗어서 가지라고 줬다고 합니다. 그랬더니 임종국 선생님의 따님이 그 장갑을 깨끗하게 빨아서 돌려주지 않겠습니까. 지금 생각해 보면 그리운 그런 일이군요. 임종국 선생님은 폐가 좋지 않으셨습니다. 제가 찾아뵐 때도 숨소리가 많이 거칠었고요. 임종국 선생님은 1989년 11월 12일, 60세로 돌아가셨습니다. 세 번째 찾아뵙는 것은 성묘가 됐습니다. 미야타 세쓰코와 박광수朴光洙 씨로부터 부탁받은 부의금을 들고서 천안의 댁으로 찾아갔습니다. 친일 인명록 카드와 원고가 수북하게 쌓여 있고 그 옆에 검은 리본이 달린 선생님의 영정을 뵈니 가슴이 북받쳐 올랐지요. 묘에는 아직 잔디도 돋지 않고 스산한 바람만 불었습니다.

김학철, 존경을 넘은 애처로움

곽형덕 선생님이 연구하셨던 작가들 중에서 가장 큰 영향을 미친 작가를 꼽으라면 누가 있을지요?

오무라 마스오 김학철입니다. 현재 시점에서는 그렇습니다. 무시무시하다고 할지 그런 삶입니다. 단순히 존경을 넘어 애처롭다고 해야 할지 그런 마음이 듭니다.

곽형덕 현재도 김학철 연구를 계속 하고 계십니다. 김학철을 지금 시대에 연구하는 의미는 무엇일까요?

오무라 마스오 김학철은 사회주의가 국가의 형태로 존재할 수 있는 것인지를 묻고 있습니다. 이상으로는 존재할 수 있지만 중국처럼

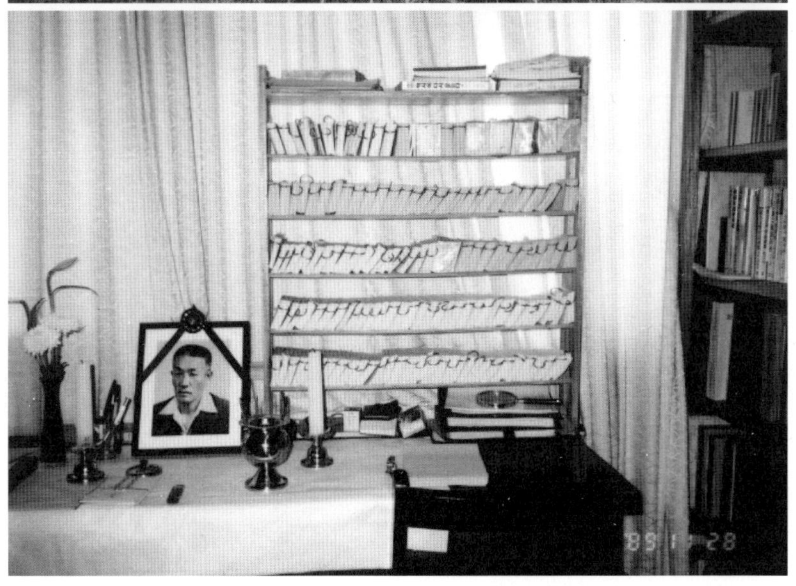

(상) 밤나무 앞에서 임종국 선생님과 함께.
(하) 임종국 선생님의 영정과 원고 뭉치.

국가를 건설한 후 국가 단위에서 사회주의라는 것이 실제로 가능한지……. 김학철이 갈 수 있던 길은 없었어요. 김학철은 감옥에서 오랜 세월 갇혀 있었고 집필 정지를 오래도록 당했습니다. 한마디로 시련의 나날을 보냈습니다. 제가 한 권의 책으로 엮은 작가는 김용제뿐입니다. 윤동주 관련 연구서도 있지만 그건 윤동주론만이 실린 책은 아니니까요. 이제 김학철로 한 권의 연구서를 써낼 여력은 없어요. 앞으로도 중국 사정에 밝지 않으면 누구도 쉽게 쓰기 힘들겁니다. 다만 한국의 중국문학 연구자들이라면 가능하지 않을까요. 중국에는 김학철 연구서가 있습니다. 평전 등이 나와 있지요. 하지만 제가 볼 때는 미진합니다. 흥미롭다면 제가 쓸 것까지는 없겠지만요.

곽형덕 쓰실 여력이 없다고 하셨지만 선생님의 김학철 연구서를 기대하고 싶습니다. 그런데 요즘에는 김학철의 어떤 작품을 연구하고 계시는지요?

오무라 마스오 현재 쓰고 있는 김학철론은 김학철의 초출을 중심으로 해방 직후의 김학철입니다. 「해방 직후 서울 시기의 김학철」이라는 논문입니다. 원광대에서 2월에 그것으로 발표를 할 예정입니다. 김학철전집에는 들어있지 않은 원고가 많습니다. 왜 안 들어간 것인지 저는 잘 모릅니다……. 큰아드님[김해양]은 한어는 잘 하지만 조선어 문장을 잘 쓰지는 못하는 것 같습니다. 김학철 연구의 미래는 그다지 밝지 않습니다.

곽형덕 지난번 대담에서 북한과 연변문학을 연구하는 일본의 후속세대 연구자들이 없다고 하셨습니다. 그 이유는 무엇인지요? 현재 세대 연구자들과 선생님 세대 연구자들은 연구 자세나 세계관에서 큰 차이가 있는 것 같습니다.

오무라 마스오 제가 전 시대의 사람이라 그럴 겁니다. 제가 청년이었을 무렵에는 북한에 호의를 품은 사람이 많았습니다. 오히려 그 당시 일본에서는 한국이라는 존재가 잘 보이지 않았습니다. 1965년 이전에 저는 조선문학을 시작했습니다. 그러니 당연히 북한이 잘 보이고 한국은 보이지 않았습니다. 제가 처음으로 한국에 간 것은 1970년입니다. 한일협정 전에는 한국에 들어갈 수도 없었습니다. 중국에는 1967년에 갔고 한국에 1970년에 갔으니 중국 방문이 3년 앞섭니다. 북한에는 연변에서 당일치기로 다녀왔습니다. 나진 선봉을 아내와 다녀왔습니다. 평양에는 가보지 못했습니다. 평양 코스는 일주일이라 너무 길어서 포기했습니다. 최근 일본에서는 점점 북한이나 연변에 대한 연구자들의 관심이 열어져 가고 있습니다.

곽형덕 선생님께 실례되는 말씀이 될 듯합니다. 소명출판에서 2018년에 나온 오무라 마스오 저작집의 작업이 한창이었던 2017년 무렵, 제게 "이 작업을 끝으로 이제 쉬려고 합니다"라고 하셨습니다. 그런데 저작집이 출간된 바로 그해에 김학철문학선집 편집위원회 2018.10.20 결성를 꾸리셔서 아이자와 가쿠愛沢革 번역가, 정아영鄭雅英 교수, 정장丁章 시인과 함께 김학철문학선집 작업을 시작하셨더군요. 그 성과로 선생님이 번역하신 『김학철문학선집 1 단편소설선－담뱃국金学鉄文学選集1 短篇小説選－たばこスープ』新幹社, 2021이 작년 초에 나왔습니다. 쉬신다고 하신 직후 바로 연구·번역을 이어가신 셈입니다. 여름에 찾아뵈었을 때는 김학철의 『항전별곡』흑룡강조선민족출판사, 1983 번역에 몰두하고 계셨는데 초벌이 나왔는지 궁금합니다.

오무라 마스오 초벌 작업은 거의 끝나갑니다.

곽형덕 실례되는 말씀이지만 '만년의 작업'으로 김학철을 택하신 이유가 있을까요?

오무라 마스오 우선 김학철문학과의 만남부터 이야기를 시작해야 할 듯합니다. 김학철과 제 인연의 시작은 1974년으로 거슬러 올라갑니다. 그해에 창도사創土社에서 발행한 『현대조선문학선現代朝鮮文學選』 II에 단편소설 「담뱃국」을 제가 번역해 실었습니다. 그때는 김학철이 살아있는 작가인지도 모르고 그저 흥미로운 작품이라고 생각해 번역을 했습니다. 제 번역을 본 김학철이 일본어본을 저본으로 해서 조선어 소설로 고쳐 써서 1982년 『송화강』이라는 잡지에 게재합니다. 자신이 쓴 작품을 구할 수 없는 상태였기 때문이에요. 「담뱃국」은 『문학』문학가동맹, 1946.7에 실린 초출과 일본어 번역을 고쳐서 조선어로 다시 쓴 『송화강』 게재본이 있는 셈입니다.김학철과 직접 만난 것은 1985년입니다. 제가 그해 4월 와세다대학 재외 연구원 자격으로 길림성 연변 조선족자치주에 가게 되어, 연변대학 정판룡鄭判龍 부학장에게 부탁을 했습니다. 같은 해 6월 김학철이 연변대학 숙사에 있는 저희 부부를 밤늦게 찾아와서 처음으로 만났죠. 김학철은 문화대혁명 당시 우파분자로 분류되어 1966년부터 10년 넘게 강제수용소에 갇혀 있었습니다. 출옥한 것이 1977년이고, 그로부터도 3년 넘게 반혁명 전과자라는 낙인이 찍혀서 살아야 했습니다. 그가 복권된 것은 1980년입니다. 복권이 되기는 했지만 연변에는 문혁 당시에 자신을 비난해서 출세한 연변대학 관계자도 있고 해서 여전히 조심스럽게 지냈습니다. 그는 산책을 나가면 인민재판을 받았던 적이 있는 연

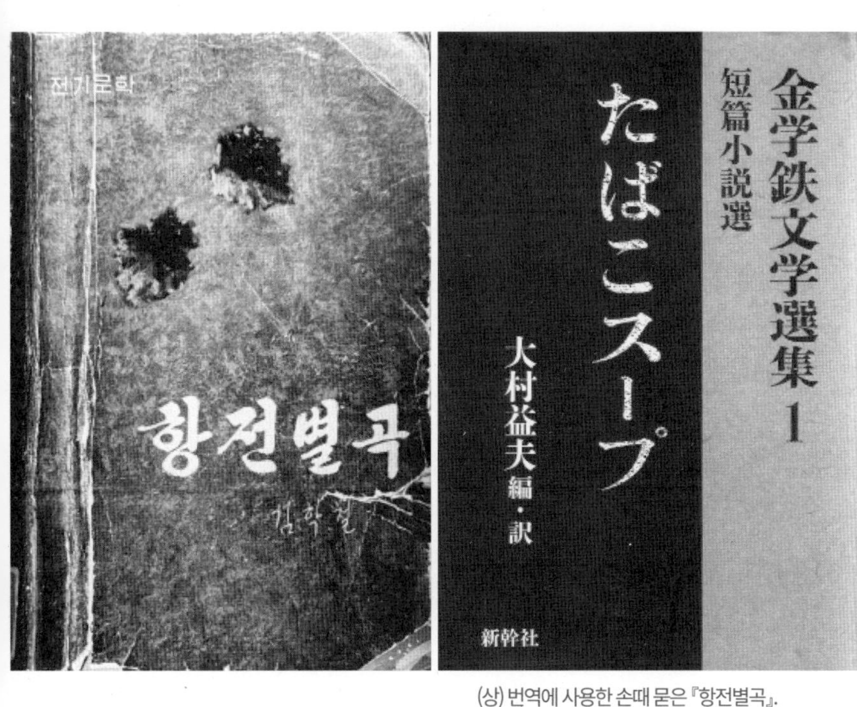

(상) 번역에 사용한 손때 묻은 『항전별곡』.
(하) 『김학철문학선집 1 단편소설선 – 담뱃국』 표지.

내 용 소 개

오무라 마스오가 번역 저본으로 삼은 『항전별곡』. 김학철 작가의 사인(1985.6)이 되어 있다.

변체육관 근처에는 절대로 가까이 가지 않았습니다. 김학철과 처음 만난 이후 카세트 녹음기를 들고 가서 한 번에 120분 분량을 녹취했습니다. 열다섯 번의 대담 중 녹음을 한 것은 열세 번이었어요. 나머지 두 번은 오프 더 레코드로 진행했습니다. 1961년 그가 북경에 있는 소련대사관에 망명하려다 실패한 사건에 관한 내용입니다.

곽형덕 선생님은 마음이 맞는 작가나 연구자와는 거의 평생을 함께 하시는 것 같습니다. 연변에서 일본으로 돌아오신 이후에도 두 분의 만남과 우정은 계속 된 듯합니다. 이후의 상황을 앞서 질문 드린 '만년의 작업'으로 김학철을 택하신 이유와 함께 말씀해 주세요. 선생님과 연변의 관련을 윤동주 묘소 발견1985.5.14에 한정해서 이해하기 쉬운데, 제가 볼 때는 윤동주와의 관련만이 아니라 김학철 작가와의 만남 또한 선생님의 연구에 큰 영향을 끼친 것 같습니다.

오무라 마스오 저는 마음이 맞지 않는 사람과도 함께 할 자신이 있습니다. 누차 말씀드리지만 저희는 '소수 민족' 상태입니다. 서로 싸우면 아무 것도 할 수 없습니다. 연변에서 일본으로 돌아온 이후, 저는 여름 방학이 되면 짐을 싸서 매해 연길로 갔습니다. 김학철을 만나는 것도 큰 즐거움이었습니다. 1989년 9월에는 서울에서, 12월에는 도쿄에서 김학철과 만났어요. 그는 중국공산당 당적을 회복해서 한국에 갈 수 있게 됐습니다. 같은 해에 그는 중국 국적자가 됩니다. 문혁 때 그가 죽지 않았던 것은 조선 국적이었기 때문입니다. 외국인을 죽이면 큰 문제가 되니까요. 그가 일본에 가게 된 것은 계간 『청구靑丘』의 초청에 의한 겁니다. 재일조선인 역사학자 이진희, 시인 이철, 문학평론가 안우식이 그를 환영했습니다. 김학철 부부는 한국

YMCA에 묵었습니다. 일본에 왔으니 어디를 제일 먼저 보고 싶냐고 물었더니 니주바시二重橋라는 겁니다. 일제 때 궁성요배를 하도 많이 해야 해서 실제로 한 번 보고 싶었다고 하더군요. 김학철과 마지막으로 만난 것은 2001년 9월 13일로 그가 죽기 12일 전입니다. 지난번에도 말씀드렸지만 김학철은 자신이 손해를 보더라도 불의를 보면 참지 못하는 저항의 작가입니다. 그러면서도 그에게는 유머가 있습니다. 저항과 유머의 작가라고 해야 할까요. 제가 만년의 작업으로 김학철을 선택한 것은 그에게는 갈 수 있는 길이 어디에도 없었기 때문입니다. 끊어진 길을 앞에 두고 그는 시련의 나날을 보내면서도 자신의 뜻을 굽히지 않았습니다. 제게 가장 큰 영향을 끼친 작가는 김학철입니다. 그가 남긴 "사회의 부담을 덜기 위해 / 가족의 고통을 줄이기 위해 / 더는 련련하지 않고 / 깨끗이 떠나간다. / 병원, 주사 절대 거부 / 조용히 떠나게 해달라. / 편안하게 살려거든 불의에 외면을 하라. / 그러나 사람답게 살려거든 그에 도전을 하라"는 유언도 여전히 생생합니다. 단순한 존경을 넘어 애처로움을 느낍니다.

곽형덕 선생님과 함께 2013년 7월에 북경과 연변에 다녀온 지도 벌써 9년이 넘었습니다. 이번 대담을 준비하며 다이어리를 다시 펼쳐보니 6월 24일에 도쿄에서 북경으로 가서, 27일부터 이틀간 연변 그리고 29일에 다시 북경에 돌아와 7월 2일에 귀국하는 일정이더군요. 연변에서는 윤동주와 김학철과 관련된 장소를 찾아다녔고, 북경에서는 김사량의 「향수鄕愁」『文藝春秋』, 1941.7의 흔적을 찾아 후통胡同과 유리창流璃廠 등을 다녔었습니다. 그때 북경행 비행기가 몹시 흔들리고, 연변에서는 제가 핸드폰을 잃어버리는 일도 있어서 시간이 많이 흘렀어도 제게는 잊을 수 없는 여정입니다. 물론 좋은 기억이 더 많습니다. 이후에 다시 연변에 다녀오셨는지 궁금합니다.

오무라 아키코 그때 나리타공항에서 밤 비행기를 탔었는데 기류가 불안정해서 비행기가 몹시 흔들렸었죠. 짐이 거의 쏟아져 나올 정도로 흔들리자 우는 사람도 있었어요. 젊은이를 데려오는 게 아니었는데 하고 생각할 정도였으니까요.

오무라 마스오 용정에서 윤동주 생가에 간 후, 묘역에 가려 했는데 날씨가 좋지 않아 가지 못해 무척 아쉬웠습니다. 연변에서 김해양김학철의 아들 씨를 함께 만났었죠. 그때 해양 씨와 다음에 방문하면 꼭 두만강에 함께 가자고 했습니다. 그 약속을 2018년 9월에 지켰습니다. 김학철의 유골은 고향인 원산에 닿기를 바라는 마음으로 두만강에 뿌려졌습니다. 해양 씨의 안내로 두만강에 가서 김학철을 애도하고 추모하고 돌아왔습니다.

곽형덕 「(청취록)김학철—내가 걸어온 길」『한국문학의 동아시아적 지평』, 소명출판, 2017을 보면 김학철과 김사량의 관련이 상세히 나옵니다. 김사량의 『노마만리』1946~1947에는 김학철에 관해 다음과 같은 구절이 나옵니다. "다리에 총을 맞아 쓰러진 채 붙들려간 동무는 일본 어떤 형무소로 끌려갔다고 할 뿐 그 생사와 진위를 알 수 없었던 바 이번 해방을 맞이하여 일본으로부터 돌아왔다. 척각의 작가 김학철 군이 바로 이 사람이다."김사량, 김재용 편주, 『항일중국망명기 노마만리』, 실천문학사, 2002, 165쪽 2005년 김사량과 김학철의 문학비가 중국 하북성 원씨현 호가장 마을 입구에 세워진 것도 두 사람의 항일투쟁과 관련이 깊을 듯합니다.

오무라 마스오 『노마만리』를 연재하고 있을 무렵 두 사람은 면식이 없었을 겁니다. 두 작가가 조우하는 것은 김학철이 1946년 11월 월북한 이후입니다. 김학철 녹취록에 따르면 두 작가는 평양에서 무척 친해집니다. 김사랑은 김학철, 전재경田在耕, 조선방송국 국장, 이소민李蘇民, 약품회사 사장, 정율성인민군협주단단장과 흥겹게 놀았다고 합니다. 하지만 김사랑은 연안파라서 점차 궁지에 몰립니다. 조선전쟁이 터지자 종군기자가 되려 했지만 허가가 나지 않아서, 김학철이 그를 노동당 중앙간부 부장인 진반수에게 소개해서 허가를 받고 전쟁에 나갔다고 합니다. 이미 아시겠지만 김사량은 후퇴할 때 지병인 심장병이 악화되어 죽습니다. 김학철이 후회한 일 중의 하나가 김사량을 진반수에게 소개해준 일이었습니다.

반세기에 걸친 연구를 돌아보며

곽형덕 선생님의 반세기 연구 여정을 들여다보면 저서의 대부분이 번역서입니다. 저서나 편서도 많이 내셨지만 역시 조선문학 작품을 일본 사회에 번역해서 소개하시는 작업에 중점을 두셨던 것 같습니다. 1967년에 윤세중의 『붉은 신호탄』을 시작으로 김윤식 교수의 글을 선집 형태로 낸 『상흔과 극복』1975, 임종국의 『친일문학론』1976, 조선족문학인 『시카고복만』1989, 『제주도문학선』1996, 강경애의 『인간문제』2006, 제주도 시인선인 『바람과 돌과 유채꽃과』2009, 이기영의 『고향』2017, 김학철의 『담뱃국』2020 등이 있습니다. 여기에 공역으로 『조선단편소설선』1984(초판), 2000(재판), 『한국단편소설선』1988 등도 중요한 업

니주바시 앞에서 김학철(사진 = 오무라 마스오).

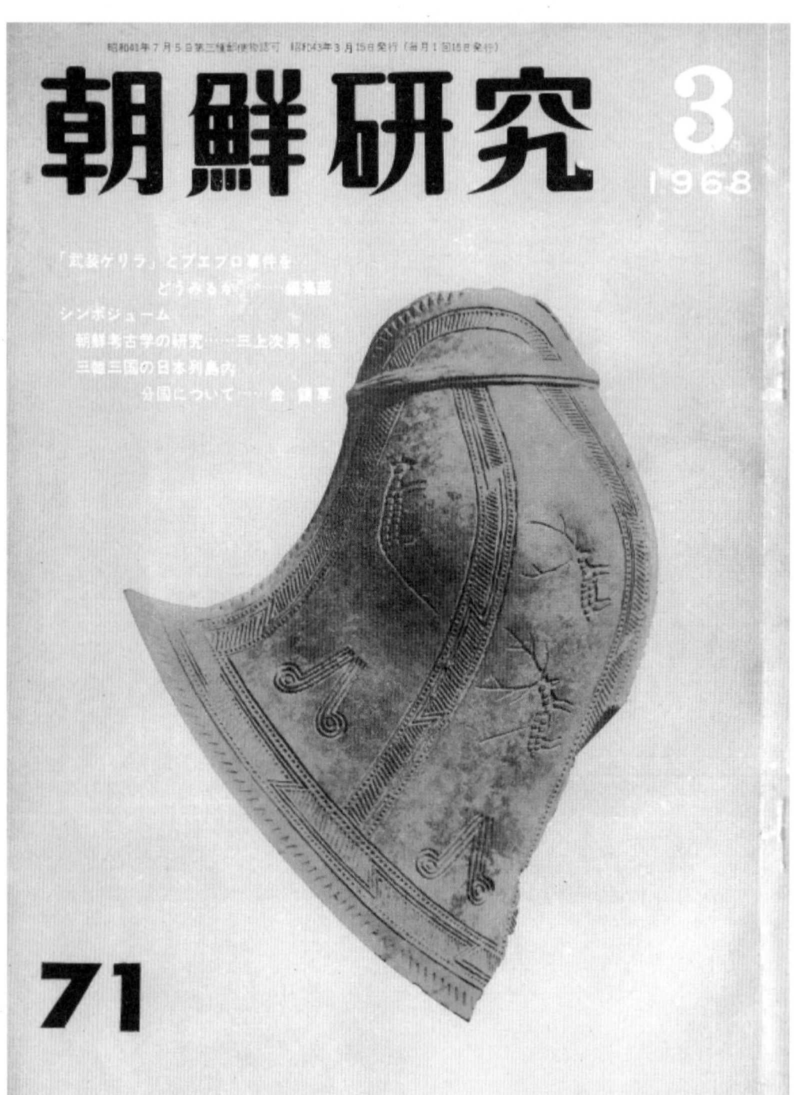

오무라 마스오가 「임진강」이라는 글을 발표했던 『조선연구』, 1968.3(오무라 마스오 소장본).

적입니다. 저 또한 문학 작품을 번역을 하고 있는데 보람도 있지만 고충이 많아서 그만두고 싶을 때가 많습니다. 그럴 때마다 선생님의 반세기 번역 여정을 떠올리고는 합니다. 한국에서도 인기가 많은 작품 번역이야 인세 등을 기대할 수 있지만, 깊은 내용을 담고 있는 어려운 책은 잘 팔리지 않습니다. 그래서 많은 외국문학 연구자들이 번역을 하지 않습니다. 전임교원이 되면 더 그렇고요. 문학 작품 번역을 업적으로 인정해주지 않는 대학도 많습니다.

오무라 마스오 제가 해야 할 일을 했을 뿐입니다. 저는 영민하기보다 둔탁한 사람입니다. 정치적인 것은 체질에 전혀 맞지 않습니다.

곽형덕 번역의 특성상 영광보다는 그늘이 더욱 짙으셨을 듯합니다. 더구나 일본에서 '시민권'이 없었던 근대 조선문학을 연구·번역해 오셨으니까요. 최근에는 『82년생 김지영』의 일본어 번역본이 20만 부 넘게 팔리며 베스트셀러 반열에 오르기도 했지만, 학술 번역이나 조선 근대문학 번역은 2쇄를 내는 것도 쉽지 않은 일이었을 것 같습니다. 조선 근대문학에서부터, 제주문학, 조선족문학, 동화에 이르기까지 폭넓게 번역 작업을 해오셨는데 그와 관련된 선생님의 말씀을 듣고 싶습니다.

오무라 마스오 번역 이야기를 하려면 일본조선연구소 이야기부터 시작해야겠네요. 일본조선연구소는 1961년에 설립되어 『조선연구朝鮮研究』를 출판합니다. 현재의 현대코리아연구소現代コリア研究所입니다. 시작은 공산당과 관련이 있습니다. 와세다대학의 은사인 안도 히코타로安藤彦太郎나 일본공산당 계열의 데라오 고로寺尾五郎 등이 중심이었습니다. 제가 일본조선연구소에 관여하게 된 것은 스승인 안도 선생

님의 추천에 따른 겁니다. 당시 일본조선연구소 사람들은 눈이 부실 정도로 빛나는 분들이었는데 그에 비해 저는 흐릿한 존재였어요. 정치운동이 체질에 맞지 않았습니다. 그래서 활동가가 아니라 번역을 하며 양지가 아닌 음지에 있었습니다. 당시 공화국북한에서 많은 자료가 왔습니다. 핵심 관계자들이 그 자료를 해독할 수 없으니 제게 번역을 해달라는 요청을 하더군요. 저를 번역기 정도로 생각했던 것일까요? 북에서 오는 조선어 자료를 읽어야 일본 사회에서 발언할 수 있는 힘이 생기니까 제게 엄청난 양의 자료를 번역하라고 했던 것 같습니다. 그에 대해서 저는 반발하는 마음이 컸습니다. 모두가 그래야 하는 것은 아니지만 대부분의 멤버들이 조선어를 거의 읽지 못하면서 일본조선연구소를 한다는 것이 무언가 앞뒤가 맞지 않는 느낌이었습니다. 더구나 조선을 연구한다면서 당시 많은 연구자들이 일본어 자료만으로 논문을 쓰는 것도 제게는 이상해 보였습니다. 당시 일본조선연구소에서 공화국에서 나온 책을 번역해서 낸 것이 『조선문화사朝鮮文化史』1966 상·하권입니다. 저는 번역자로 들어가 있습니다. 데라오 고로는 공화국에도 다녀왔고 북에 관한 책도 여러 권 냈습니다. 『38선의 북38度線の北』과 같은 책입니다. 하지만 그도 조선어를 거의 하지 못했습니다. 데라오는 공화국의 호텔에 묵으면서 도청기를 걱정했을 정도로 의심이 많았습니다. 당시는 북송사업이 한창이던 때라 북에 가면 귀국했던 재일조선인이 일본인에게 편지를 몰래 손에 쥐어주던 시절입니다. 데라오 고로도 같은 단체의 회원인 오자와 유사쿠小沢有作도 북에서 그런 편지를 받았습니다. 데라오는 공화국을 신뢰하지 않으면서도 우호관계를 계속 유지해야 한다고 주장했습니다.

곽형덕 선생님께서 번역을 하며 많은 고생을 하셨지만, 2018년에 '제16회 한국문학번역상 수상자'로 결정되면서 공로를 인정받으신 것이 아닌가 합니다. 시상식에 저도 가서 축하를 드렸는데 수상 소감이 무척 인상깊었습니다. 제가 녹음한 것을 옮겨 보면 다음과 같습니다.

이번에 이기영의 『고향』으로 번역상을 수상한 것은 매우 기쁜 일입니다. 『고향』에 주어진 것만은 아니라고 생각하고 있습니다. 1998년에 계획했던 조선근대문학선집 전16권 일부로 번역을 시작했습니다. 선집은 여러 우여곡절을 겪었지만 결국 8권으로 줄었습니다. 그때도 번역원의 원조가 있었습니다. 일본 내 조선문학 연구자 9명이 공동 기획해서 시작한 것이었습니다. 그중에 제가 2권에서 강경애의 『인간문제』와 8권에서 『고향』을 번역했습니다. 이 선집의 취지는 한국문학을 남한이나 북한만의 입장이 아닌 전체적 입장에서 총체적으로 이해하는 데 있었습니다. 여기 계시는 임헌영 선생님이 소명출판에서 나온 오무라 마스오 저작집 2권 서문을 써주셨습니다만, 그 서문 중에 오무라의 연구는 남북한문학 등거리 연구라고 한 부분이 있습니다. 그것을 목적으로 해서 지금까지 연구를 해왔습니다. 현재 일본에서는 이를 총체적으로 이해하려는 노력이 부족합니다. 『고향』이 남한에서도 북한에서도 높게 평가받고 있다는 사실조차 모르는 경우가 많습니다. 이번 수상이 남북 양쪽을 종합적으로 이해하려고 하는 데 지적 계기가 되기를 기대하고 있습니다. 마지막으로 번역을 도와주신 한국 분들, 일본 분들 그리고 번역원 관계자 여러분에게 감사드리고 싶습니다.

오무라 마스오 한국문학번역상은 한국 정부로부터 받은 첫 번째 상이었습니다. 기쁘고 영광스러운 일입니다. 한국문학을 계속 번역했지만 일본에서는 잘 팔리지 않습니다. 책을 팔기 위해 만들었다기보다 제가 번역한 책을 바탕으로 일본에서 한국문학을 연구하는 사람이 나타날 수도 있다는 믿음이 더욱 컸습니다.

곽형덕 선생님은 문학만이 아니라 어학에도 많은 관심을 가지시고 진력해 오신 걸로 압니다. 『알기 쉬운 조선어 기초わかりやすい朝鮮語の基礎』1995라는 책을 내시기도 했고요. 현대어학숙現代語学塾은 선생님께 어떤 의미였나요?

오무라 마스오 1965년 이후의 상황부터 말씀을 드려야 할 것 같네요. 『조선문학－소개와 연구』를 내기 5년 전쯤입니다. 저는 한일협정을 냉소적으로 보고 있었습니다. 관련된 운동을 하는 사람들을 그렇게 봤다는 뜻입니다. 활동가의 속도나 발언 등을 저는 따라갈 수 없습니다. 당시 미야타 세쓰코 등은 대활약이었습니다. 저는 조선을 알려면 조선어부터 시작해야 한다는 생각이었습니다. 그런 의미에서 현대어학숙의 문제의식과 실천은 눈여겨 볼만합니다. 올해2022 현대어학숙도 문을 닫았지만요. 현대어학숙이 꾸려지는 계기는 김희로 사건1968.2이었습니다. 김희로는 일본 사회의 차별을 규탄하며 사건을 벌였습니다. 가지무라 히데키, 노마 히로시野間宏, 히다카 로쿠로日高六郎 등의 많은 지식인들이 김희로 재판을 도왔습니다. 그 과정에서 이웃 나라를 이해하려면 우선 언어부터 시작해야 한다는 인식이 싹트게 됩니다. 현대어학숙은 그로부터 2년 후인 1970년부터 시작됐습니다. 저는 현대어학숙의 초대初代 강사였습니다. 오사와 신이치로大沢真

一郎도 깊이 관여한 인물 중 한 명입니다. 그는 후일 교토에 있는 세이카대학京都精華大学 교수가 됩니다.

1966년 무렵의 히다카 로쿠로(사진 = 위키피디아).

곽형덕 선생님이 60년 가까이 해 오신 조선문학 연구와 번역은 한일 양국에서 각기 다르게 수용된 듯합니다. 무척 긴 세월이라 정리하시기 힘드시겠지만 중요한 순간을 중심으로 말씀해주시기 바랍니다.

오무라 마스오 제가 한 조선문학 연구는 일본 사회에서는 별로 반응이 없었습니다. 연구서 등은 자비출판입니다. 책을 내고 몇 백 권 정도를 자비로 사야 출판이 됐습니다. 일반 독자들의 선택을 받을 수 없는 책이라는 의미입니다. 1992년에 낸 『사랑하는 대륙이여-시인 김용제 연구愛する大陸よ－詩人金竜済研究』의 경우는 와세다대학에서 출판비의 30퍼센트를 지원받은 경우라 운이 좋은 편입니다. 1970년에 결성한 '조선문학의 모임朝鮮文學の會'에서 발간한 『조선문학-소개와 연구』1970~1974는 나름의 사회적 반향이 있었지만 지금과 같은 대중적 인기와는 거리가 멉니다. 이에 비해 꾸준히 초기에 작업한 중국 관련 번역은 소액이지만 꾸준히 인세가 들어옵니다. 『중국의 사상 6 노자·열자老子·列子』1965는 판을 거듭해 지금까지도 나오고 있습니다. 최근 한국문학 번역이 성황을 이루면서 이와나미문고에서 냈던 『조

선단편소설선朝鮮短篇小說選』1984 상·하권이 재판을 찍었습니다. 한국에서 제가 한 작업이 받아들여지기 시작한 것도 최근의 일이 아닐까 합니다. 임헌영 소장, 이호철 작가, 남정현 작가, 김윤식 교수 등과 밀접한 교류는 있었지만 학계의 반응은 그것과는 조금 달랐습니다. 90년대만 해도 제가 윤동주의 장서와 메모에 대한 고증을 발표했을 때도 저항이 거셌습니다. 용재학술상 수상 소감에서도 밝혔지만 '윤동주의 독서체험－독서 이력을 중심으로'연세대 한국문학연구회, 1996.8.23라는 발표 당시 젊은 연구자가 "당신의 보고는 윤동주를 모독하는 것이다"라고 말했을 정도니까요. 그때 학회에서 사회를 본 것은 심원섭 교수였고, 원고를 그대로 잡지에 실어준 것은 김응교 교수였습니다. 김응교 교수는 1998년 1학기부터, 심원섭 교수는 2003년 1학기부터 와세다대학에서 학생들을 가르치기 시작했습니다. 오랜 인연입니다.

곽형덕 선생님이 해오신 연구를 실증주의 연구라고 불러도 무방할까요? 선생님은 서양의 이론이나 철학에 기대지 않고 실증과 실천으로 일본에서 조선문학 연구를 열어나가셨습니다. 작가들의 발자취를 찾아서 현장을 답사하고 서지학적 자료를 확충하고 텍스트의 결을 만들어 나가셨다고 할 수 있을 듯합니다. 그런 점에서 많은 후학을 1차 자료 정리의 수고로부터 해방시켰다고 할 수 있습니다. 그 대표적인 작업으로 임전혜 선생님과 함께 하신 『조선문학관계 일본어문헌 목록』1984이나, 호테이 도시히로 선생님과 함께 하신 『구만주문학관계자료집』 1·2 2000~2001, 『매일신보 문학관계 기사색인 1939.1~45.12.31』2002 이나 3기에 걸쳐 조선문학자들의 일본어 작품을 모아서 낸 『근대조선문학 일본어작품집』 시리즈 등이 대표적입니다.

오무라 마스오 의식적으로 했다기보다는 그쪽이 체질에 맞았다고 해야 할 것 같군요.

곽형덕 별것이 아닌 것처럼 말씀하시지만 이외에도 조선문학자들의 발자취를 좇아서 그들의 학적부나 하숙집 터 등을 찾아다니신 것으로 알고 있습니다. 공동 조사 작업인 『가나가와와 조선의 관계사 조사보고서神奈川と朝鮮の関係史調査報告書』1994나 「와세다 출신의 조선인문학자들」2001 등에서 조선인문학자의 족적을 정리함으로써 후속 연구를 가능하게 하셨습니다. 저도 선생님이 조직하신 조선인문학자의 하숙집 터나 카프 동경지부 답사에 2009년과 2015년에 동참한 적이 있고, 지난 2017년에는 『창조』를 인쇄한 복음인쇄소 터를 찾으러 요코하마 야마시타쵸山下町 답사에 함께 하며 많은 것을 배웠습니다. 그 전에 하나가 더 있었는데 잊고 있었습니다. 2007년 2월에 선생님과 사모님의 안내로 민족문학연구소소장 김재용 선생님들과 함께 김사량이 1941년 4월부터 12월 8일까지 머물렀던 가마쿠라의 고메신테 여관米新亭旅館에도 갔었습니다. 여관은 사라지고 없었지만 그곳에서 이시야마 유리石山由里, 결혼 전에는 吉原由里를 뵙고 그 인연으로 여섯 번 넘게 청취 조사를 해서 제 박사논문의 한 축을 놓을 수 있었습니다. 제가 실증 연구의 중요성을 깨닫게 된 계기이기도 했었습니다.

오무라 마스오 한 작가의 작품을 해석하려면 역시 생애 또한 중요합니다. 그런데 이론적으로 작품 해석을 하는데 혈안인 반면 작가의 독서 체험이나 살았던 장소 등에 관한 연구는 소홀히 여겨져 왔습니다. 그것이 의아해서 시작했던 것뿐입니다.

곽형덕 지난번2022년 가을 박수연 선생님, 오창은 선생님과 함께 '일본

2017년 12월 27일, 요코하마 야마시타 답사에서(사진 = 곽형덕).

지역 한국 근대문학 사적지 정리' 일본 답사를 하며 선생님의 도움을 청했을 때, 서고에서 오랜 세월 정리해 놓으신 목록과 지도를 모두 내어주셔서 정말 뭐라 말씀드리기 어려울 정도로 감사했고 큰 도움이 됐습니다. 그런데 카프 동경지부 주소 '동경부하 길상사東京府下 吉祥寺 2554' 등은 최근 지도를 봐도 인터넷 지도에서 찾아도 일치하는 곳이 전혀 없습니다. 다른 작가들의 주소 중에도 이런 경우가 많아서 큰 어려움을 겪게 됩니다.

오무라 마스오 그럴 겁니다. 완전히 특정하지 못한 장소는 역시 다음 세대 연구자의 몫이 아닐까요.

한일관계 및 제28회 용재학술상 수상 감회

곽형덕 2000년대 후반부터 조선인·한국인에 관한 헤이트스피치가 일본 사회에 만연해 있습니다. 조선학을 하시는 입장에서 이에 대한 의견을 들려주시기 바랍니다.

오무라 마스오 커다란 이야기를 하는 것을 좋아하지 않아 대답하기 어렵습니다. 다만 일본인의 조선인에 대한 뿌리 깊은 차별과 아베 신조 총리의 국내 문제 회피 전략이 합해져 나온 현상입니다. 그런 혐오발화가 일본 사회에 퍼져 있는 것은 사실입니다. 다만 만연까지는 아니에요. 연구자의 역할은 있어서는 안 되는 현상을 방치하지 않는 것입니다. 연구자들이 게으름을 피우고 있는 셈입니다. 혹은 연구자들이 사회에 받아들여지지 않고 있는 분위기가 있습니다. 치밀하게 해왔다면 그런 주장 자체가 받아들여지지 않았을 겁니다. 얕은 연구와 적은 연구량이 합쳐진 것이라고 할까요. 가장 인간의 심부와 이어진 (조선)문학 연구에서조차 후속 연구자가 극소수에 불과합니다. 하타다 다카시 씨 등은 자신들이 소수라고 하는 것을 자각해야 한다고 했습니다. 1968년 무렵의 일입니다. 조선학은 일본 내에서 특수부락적인 존재니까요. 그것을 차별 발언이라고 질타하며 하타다 다카시는 타도의 대상이 되기도 했습니다. 그 발언은 거꾸로 수용됐습니다. 저는 하타다 씨를 변호하다 호되게 당했습니다. 현대어학숙現代語学塾에 처음 생긴 것이 조선어 부문입니다. 그 1기 강사가 접니다. 조쇼키치 씨도 있었어요. 가지무라 히데키 씨도 있었고요. 가지무라 씨가 하타다 씨를 비판했습니다. 가지무라 히데키는 우수한 학자지만 하타다 다카시를 그런 이유로 공격한 것은 잘못된 것이죠.

곽형덕 코로나 팬데믹 이후 제한적이지만 도항이 허가되어 지난 2022 7월 8일에 나리타 공항을 통해 몇 년 만에 일본에 갔습니다. 그런데 공항 밖으로 나가보니 사람들이 티비 앞에 모두 모여 있더군요. 무슨 일인가 해서 보니 아베 신조 전 일본 총리가 선거 유세 중 총격을 받고 사망했다는 속보가 나오고 있었습니다. 정오 무렵이었던 것 같습니다. 그때 제가 선생님 댁에 전화를 드렸더니 선생님께서 "자업자득"이라고 하셨던 것이 기억에 남아 있습니다.

오무라 마스오 …… 말 그대로 자업자득입니다.

곽형덕 최근 건강이 많이 좋지 않으시다고 들었습니다. 항상 옆에 계시던 사모님 대신 두 손녀인 하루카大村遥와 아카네大村茜가 동행해서 놀랐습니다. 우선 선생님의 근황과 건강을 여쭤보고 싶습니다.

오무라 마스오 보시다시피 건강이 좋지 않습니다. 2019년 봄에 위식도접합부암이 심각해서 수술을 한 후 재활 중이었습니다. 이후에도 몇 차례 입원과 퇴원을 반복하는 동안 허리도 많이 굽었습니다. 10월까지는 그래도 잘 걷고 자전거도 탔는데, 11월 들어서는 휠체어 신세입니다. 그런 상태로 용재상 시상식에 간다고 하니 가족의 반대가 무척 심했습니다. 혼자서는 갈 수 없는 상황이고 아내의 건강도 좋지 않아서 둘째 아들의 손녀 두 명이 함께 가는 조건으로 현해탄을 건널 수 있었습니다. 그러다 한국에서 쓰러진다고 자식들이 만류했지만 꼭 한국에 와서 그동안 신세졌던 분들을 직접 뵙고 인사를 나누고 싶었습니다. 올해 감사하게도 연세대학교에서 용재상을 주셔서 시상식에 맞춰서 방한을 하게 됐네요. 용재상 수상 다음 날에는 인하대학교에서 마련해준 최원식 교수와의 대담 '나는 왜 한국문학 연구자가 되려고 하나'2022.11.22, 인하대학교 한국학연구소, 통역 심원섭 교수에서도 많은 분들을 뵙고 말씀을 나눌 수 있어서 기뻤습니다. 스승인 다케우치 고우竹内好, 다케우치 요시미의 통명, 김학철, 윤동주에 관해 깊은 이야기를 나눌 수 있는 자리였습니다.

곽형덕 선생님께서 30대 말에 한국을 방문하신 후 쓰신 「그 땅의 사람들」1973.9, 『한국문학의 동아시아적 지평』 수록을 보면 "내 조국이라 부를 수 없지만 사랑하는 대지를 밟았다"라는 표현이 나옵니다. 정확히는 "오랜 세월 동경해 오던 땅에 실제로 몸을 두고서, 그 대지 위를 걸어 다닐 수 있는 기쁨에 나는 취해 있었다. 설령 북으로는 갈 수 없다 해도, 남반부에라도 올 수 있었던 것이다. 내 조국이라고 부를 수 없지만 사랑하는 대지를 밟았다"라고 표현하고 계십니다. 그런 "사랑하는 대지"의 대학에서 수여하는 용재학술상을 받으셨으니 감회가 남다르실 것 같습니다. 수상 이유를 보면 ①한국어 교육 개척, ②윤동주의 궤적 추적과 묘지 발견, ③윤동주 육필 원고 조사, ④'만주' 한국인 혹은 한국계 작가 연구, ⑤친일문학자 재평가 등으로 나옵니다.

오무라 마스오 저 같은 사람이 과연 받아도 될지 많이 망설였으나 제 업적을 인정해 주신 것에 감사하며 받기로 했습니다. 저는 종교가 없습니다. 그래서 기독교 방식의 시상식이 낯설고 조금 힘들었습니다. (웃음) 제가 조선총련 산하조직인 조선청년동맹 도쿄본부에서 조선어 공부를 시작한 것이 1958년이고, 최서해의 「탈출기」를 번역하고, 논문 「해방 후의 조선문학 (상)」을 쓴 것이 1962년입니다. 그로부터 많은 세월이 흘렀지만 제가 한국에서 받은 학술상은 용재상이 유일합니다. 2018년에 받은 '제16회 한국문학번역상 문체부장관상'은 번역상이었습니다. 크고 작은 상을 주시겠다는 곳도 있었지만 그 전에는 이런저런 이유로 모두 고사했습니다.

전망과 희망

곽형덕 선생님은 1970년대 초반부터 한국을 오가신 것으로 알고 있습니다. 저작집에 실린 「그 땅의 사람들」1973이라는 글에 그 당시의 서울의 모습이 무척 자세히 나와 있더군요. 특히 세탁기와 관련된 일화가 흥미로웠습니다.

오무라 마스오 당시 서민들에게 세탁기는 그림의 떡이었습니다.

1970년대 초에 제가 일본에서 가져온 반자동 세탁기를 썼더니 처음에는 다들 흥미로워 했습니다. 하지만 대량으로 물을 쓰자 불평이 나오기 시작했습니다. 서울에서도 우물을 사용해 손세탁을 하던 시기였으니까요. 엄청난 물 낭비였던 셈입니다.

곽형덕 「그 땅의 사람들」도 그렇지만 「연변 생활기」도 선생님의 에세이스트로서의 재능이 잘 묻어나 있는 글이 아닌가 합니다. 이제 마지막으로 일본에서의 조선문학 연구에 대한 전망을 들려주셨으면 합니다.

오무라 마스오 전망은 밝지 않습니다. 우리는 '소수 민족'임을 자각해야 합니다. 저는 생각이 다른 사람과도 함께 할 수 있다는 자신이 있습니다. 『조선문학—소개와 연구』를 만들었을 때부터 사상과 의견이 다른 분들과 작업을 함께 했습니다. 일본 내의 조선문학 연구가 '소수 민족'적인 상황하에 있음을 알아야 합니다. 작은 사회인데 서로 물고 뜯고 싸우면 아무 것도 되지 않습니다. 동업자, 동지로 함께 한다는 생각으로 일본 내의 조선문학 연구를 만들어가야 합니다. 일본 안에도 여러 문제가 있습니다.

곽형덕 다음 세대 일본 내 조선문학 연구자로는 세리카와 데쓰요芹川哲世, 시라카와 유타카白川豊, 하타노 세쓰코波田野節子 선생님 등이 있습니다. 다음 세대 조선 / 한국문학 연구자들에게 해주고 싶은 말씀이 있으신지요?

오무라 마스오 그래도 희망적이라고 해야 할까요. 1980년대부터 한국에 한국문학을 배우러 가는 일본인 유학생이 늘었습니다. 호테이 도시히로, 후지이시 다카요藤石貴代, 와타나베 나오키渡辺直樹, 구마

키 쓰토무熊木勉 씨 등이 있고, 현재도 젊은 학자들도 열심히 배우고 있다고 들었습니다. 이들 중 일부는 제가 번역한 김윤식 교수의 『상흔과 극복—한국의 문학자와 일본傷痕と克服—韓国の文学者と日本』1975을 읽은 후 서울대학교 국문과로 유학을 떠났습니다. 번역의 중요성이 새삼 입증된 셈입니다. 후속 세대 연구자들은 새로운 연구 방법론으로 조선문학 연구를 이어가고 있습니다. 하지만 후배 세대들에게 아쉬운 점도 있어요. 물론 다 그런 것은 아니나 대체적으로 조선문학 연구를 하면서 북한에 대한 관심이 적더군요. 북한의 문예정책 등을 비판하는 것은 좋습니다. 하지만 그 땅에 살고 있는 사람을 향한 관심이 없는 점은 아쉽습니다. 『한국어교육론강좌韓国語教育論講座』라는 책이 있습니다. 제가 일본에서 발행되는 『조선학보』에 "이 교육론강좌에 수록된 글들은 한국만 논하고 있고 북한에 대한 관심은 없는 것 같다"는 서평을 썼습니다. 큰 파문이 일어났습니다. 그런 나라 문학을 왜 배워야 하냐면서 반발이 일어났지요. 오무라가 유언을 남겼다는 말까지 들었습니다. 정치가 아무리 험악해져도 그곳에서 살고 있는 사람을 우선 생각해야 합니다. 북한에 대한 관심이 없으니 조선족 문학 연구를 하겠다는 일본인 연구자도 거의 없습니다. 아쉬운 점이에요. 그래도 후속 세대에게 큰 기대를 걸 수밖에 없습니다.

곽형덕 선생님의 연구 여정을 들으면 들을수록 선집의 한 권인 『한국문학의 동아시아적 지평』이라는 책 제목이 절묘하게 맞아 떨어지는 듯합니다. 선생님의 학문 세계는 수직적이라기보다 수평적입니다. 한반도를 중심에 놓고 그와 관련된 문학을 연구해 오셨다는 점에서 임헌영 선생님이 평가하신 것처럼 '남북한문학 등거리 연구'를 해

오신 셈입니다. 말씀은 쉬운데 점점 더 실현하기 어려운 연구 방법론입니다. 한국의 젊은 연구자에게 해주고 싶은 말씀이 있으실까요.

오무라 마스오 제가 한 연구는 일본보다 한국이나 연변 등에서 더 높게 평가 받고 있는 것 같습니다. 한국인들에게 '감사합니다'라는 말을 듣기 위해서 연구를 해왔던 것은 아닙니다. 애써 말하자면 저희가 해 온 작업은 일본인의 한국관, 아시아관을 바꾸기 위해서라고 해야 할까요. 저는 정치나 정세에는 기대하지 않습니다. 그런 것을 넘어서 문학이 존재했으면 합니다. 문학을 매개로 한국과 일본의 젊은이들이 서로 소통하면서 사이좋게 지낼 수 있기를 바랍니다.

곽형덕 이제 대담을 정리할 시간이 된 듯합니다. 선생님께서 제게 여러 번 해주셨던 말씀이 여러 개 있습니다. 그중에서도 돋아나는 새싹을 밟아서는 안 된다는 말씀과 "젊은이여 자연을 보라"라는 말씀 등이 특히 기억에 남습니다.

오무라 마스오 어렵게 돋아난 새싹은 밟아 뭉개면 안 됩니다. 저는 생각이 다른 사람과도 함께 해왔습니다. 자신과 생각이 다르다고 새싹을 밟아 뭉개면 불모지가 됩니다. 제가 해 온 연구는 일본 내에서 '소수 민족' 상태였습니다. 서로 싸우면 아무 것도 이룰 수 없습니다. 그것뿐입니다.

곽형덕 2010년 무렵부터 선생님 댁 근처에 살며 아내와 함께 선생님 댁을 자주 찾았지만 진지하게 대담을 하면서 새롭게 알게 된 사실이 많았습니다. 오랜 시간 동안 사모님이 말씀해 주셨던 이야기 등이 하나의 궤로 엮이는 것 같아서 감회가 새롭습니다. 하지만 여전히 제 능력 부족으로 묻지 못한 것도 많아 아쉬움이 남습니다.

오무라 마스오 누군가 묻지 않으면 애써 제 쪽에서 말하지 못하는 것들도 있고, 아주 오래전 일들이 잘 기억이 나지 않는 것도 있습니다.

곽형덕 건강이 좋지 않으신데 오랜 시간 질문에 답해주셔서 감사드립니다. 선생님이 해주신 말씀을 평생 마음에 새기겠습니다. 끝으로 한 말씀 부탁드립니다.

오무라 마스오 자랑할 만한 것은 아무 것도 없습니다. 과거에 이런 사람이 살아 있었다는 정도일까요.

조선문학 연구에 뜻을 품고 50년

오무라 마스오

조선문학 연구를 하기까지

사실은 이런 강연은 하고 싶지 않았지만, 니시다 마사루西田勝 선생님이 억지로 밀어붙였습니다. 전 그다지 말을 잘 하지 못해서 거절하고 싶었습니다. 말을 잘 못하는데 발표문 타이틀이 「조선문학 연구에 뜻을 품고 50년」이라니 우선 제목부터 마음에 들지 않았습니다. (청중 웃음) 제목에서 '50년'만이라도 빼달라고 했지만 "그러면 박력이 없으니 무조건 붙여야겠소"라고 하여 하는 수 없이 받아들였던 겁니다. 그러자 기시 요코岸陽子 씨가 "엄청난 강연을 하신다면서요?" 하고 놀렸습니다. 자랑할 만한 것은 아무 것도 없지만 이참에 지금까지 해왔던 연구를 돌아보려 합니다.

우선 조선문학에 왜 관심을 품게 되었나부터 시작하고자 합니다. '조선'이라는 용어를 지금 사용했는데 그건 일반적인 쓰임과는 다를지도 모릅니다. 문화적 총체로서의 조선, 요컨대 국가로 말하자면 조선민주주의인민공화국과 대한민국을 포함한 문화적 범주에서 조선이라는 용어를 씁니다. 그러므로 '한국·조선어'라던가 '한국·조선인'이라는 것은 한쪽에서는 '한국'이라는 국어를 쓰고 다른 한쪽에서는 문화적 통합 명칭인 '조선'을 쓴다는 의미에서 저로서는 이해할 수 없습니다. '한·조선인韓·朝鮮人'이라면 괜찮습니다.

언어명과 국가명을 함께 쓰는 것도 꽤나 이상합니다. 영어를 쓰는 국민은 전 세계에 꽤나 많습니다. 그래도 모두 '영어'라고 하지요. 대체로 무슨 무슨 나라의 국어라고 불리는 것은 일본어로 '한국어'나 '중국어' 정도입니다. 하지만 우리 일본인이 말하는 '중국어'라 해도 사실은 '한어漢語'라 해서 한족이 말하는 언어입니다. 그 외에도 소수 민족이 56민족이나 있으며 각각의 언어와 문자로 생활하고 있습니다. '중국인'이라는 용어는 소수 민족을 뭉뚱그린 것입니다. 중국에서는 정식으로 '한어'라고 합니다. 한민족의 언어라는 의미입니다. 우리가 사용하는 '중국어'라는 용어는 소수 민족을 무시하는 겁니다. 이에 대해 밝혀두고 편의상 여기서는 '중국어'라고 지칭하겠습니다.

저는 1953년에 와세다대학 정치경제학부에 입학했습니다. 바로 지금 발표중인 이곳입니다. 원래는 이렇게 깨끗한 건물이 아니고 지하1층, 지상 4층의 낡은 건물이었습니다. 여기서 안도 히코타로安藤彦太郎 교수님과 만났습니다. 마침 그 당시 1949년에 중화인민공화국이 만들어졌는데, 그 당시 중국은 바야흐로 "아침 8, 9시의 태양"처럼 아시아의 일각에서 솟아오르는 그런 나라였습니다. 저도 막연한 기대를 품었습니다. 지하 교실에서 제2외국어로 일주일에 두 번 중국어를 배웠습니다. 그것만으로는 부족해서 야간강습회인 구라이시倉石중국어강습회에 다녔습니다. 현재의 일중학원日中学院입니다. 그곳에서 주 3회, 야간 학습이지만 초급, 중급 과정을 2기에 걸쳐 배웠습니다. 상급 과정부터 주 1회로 바뀌었고 교토대학에서 도쿄대학으로 이직한 구라이시 다케시로倉石武四郎 선생님에게 배웠습니다.

저는 정치학과에 다녔지만 정치학은 거의 공부하지 않았습니다. 그저 중국어를 배웠습니다. 본래 문학을 지향했기에 중국학과 관련된 것이라 해도 문학을 하고 싶어서 대학원은 문학으로 정했습니다. 대학원은 아무런 주저 없이 다케우치 요시미竹内好 선생님이 계신 도쿄도립대학으로 진학했습니다. 지금은 수도대학도쿄입니다.

그 무렵 저는 일찍부터 청나라 말기 사회소설 연구라는 테마를 끌어안고 있었습니다. 석사 1년부터입니다. 루쉰이 말한 '견책소설譴責小說'인데 단지 '견책'만은 아니라고 생각했습니다. 졸업논문의 중심은 류어劉鶚의 『노잔유기老殘游记』라는 소설이었는데, 그와 관련된 상하이 조계에서 나온 소설 등을 중심으로 다뤘습니다. 그 무렵 변법자강운동戊戌政變에서 패한 량치차오가 도카이 산시東海散士의 『가인의 기우佳人之奇遇』를 번역했습니다. 그 번역을 보고 깜짝 놀랐습니다. 『가인의 기우』는 그렇다 쳐도 량치차오의 번역은 충실하지 못합니다. 어떤 부분은 충실한 번역이지만 그냥 넘어간 부분도 있습니다. 그냥 넘어간 부분은 와카和歌나 한시로 아마도 와카는 번역할 수 없었을 겁니다. 한시도 부분적으로는 생략했습니다. 수준이 낮다고 생각한 것인지도 모릅니다. 그 외의 다른 점은 내용입니다.

『가인의 기우』는 10여 년에 걸쳐 집필된 것으로 시작과 끝을 비교해 보면 꽤나 다릅니다. 청일전쟁이 그 사이에 끼어들어 정치적 주장도 변합니다. 처음에는 서구 열강의 제국주의에 직면한 약소국이라는 아시아 공통의 위기의식에서 쓴 것이지만, 마지막 16권에 이르면 중간에 량치차오가 번역을 도중에 끝내버립니다.

왜 그랬냐 하면 그 부분은 "청국응징, 조선부식淸國膺懲, 朝鮮扶植", 즉 청국을 혼내주고 조선을 돕자는 내용이었습니다. "조선부식"이라는 말은 괜찮았지만 '부식'의 내용이 문제였습니다. 조선에서 일본의 화폐를 통용시키자거나, 우선 조선의 경제권을 박탈하라는 내용입니다. 이어서 "청국의 무례함에 분노한다. 우리 외교의 연약함이 이러함을 탄식한다"고 쓰고 있습니다. 즉 일본 정부는 청나라와 조선에 연약하게 군다는 겁니다. 량치차오는 그 부분에서 번역을 중단하고 설명을 달아 놓았습니다. "우리 중국은 오랫동안 조선의 종주국이었다. 그런데도 저자 도카이 산시는 조선이 일본의 것이라 말하고 있다. 이건 말도 안 된다"고 하며 번역을 끝냈습니다.

그렇다면 도대체 당사자인 조선인은 어떻게 생각하고 있는지 궁금해졌습니다. 조선의 역사는 어떠한지 생각했습니다. 저는 단순해서 그렇다면 조선어부터 시작해야겠다고 마음 먹었지요. 역사를 배운다 해도 문학을 배운다 해도 우선은 어학부터입니다. 바로 이것이 같은 와세다대학 학생단체인 중국연구회의 멤버였던 미야타 세쓰코宮田節子 씨나 강덕상 씨와 다른 점이었습니다. 이 분들은 일본어 문헌을 섭렵해 차례차례 성과를 냈지만, 저는 '아야어여'부터 시작했습니다. 조선어를 배우려 해도 간토지역 대학에 조선어 강좌가 없었습니다. 곤란해진 저는 석사 1년 때 시나노마치信濃町에 있는 조선총련 도쿄 본부에 갔습니다. 이후 이다바시飯田橋 쪽에 있는 큰 빌딩으로 옮겨 갔습니다. 당시에는 2층 목조 건물이었습니다. 시나노쵸에 있던 조선총련 건물은 원인 모를 화재로 불타버렸는데 누군가 방화를 한 것인지도 모릅니다. 사실은 알 수 없습니다. 거기 있는 유학생동맹을 찾아갔습니다. 같은 학생이니까 어떻게든 방법이 있을 것이라 생각했는데 바로 거절당했습니다. 연말이니 도중에 배우는 셈이 되어 내년에 다시 오라는 말을 들었습니다. 다음해 석사 2년 봄에 다시 찾아갔습니다. 다시 거절을 당했는데 그 대신 조선청년동맹을 소개받았습니다. 청년동맹 도쿄도 본부가 개설한 강좌, 이른바 야간강습회입니다. 강연회라기보다는 민족의식을 고양하기 위한 근로자학교라고 부르는 편이 맞을 겁니다. 그곳에 들어갔습니다. 주위는 모두 조선인입니다. 이곳이야말로 민족 교육을 위한 곳이니 일본인은 저 혼자였습니다. 선생님들은 꽤나 심한 말을 했습니다.

일주일에 이틀 4콤마1콤마 = 60분 수업로 이루어졌는데 그중 2콤마가 어학입니다. 어학은 초급과 중급 교실로 나뉩니다. 나머지는 음악과 역사 수업이었습니다. 역사 선생님이 일본을 호되게 혼내서 과연 그런가 하고 생각하며 안절부절 못하며 반년을 보냈습니다. 교과서는 있었지만 사전도 교재용 테이프도 없었습니다. 한일사전도 없었고 일한사전도 없었습니다. 제가 사용한 것은 한영사전으로, 한국에서 나온 한영사전을 썼습니다. 잘 모르는 영어는 다시 영일사전을 펼쳐 봐야 하는 꼴이었습니다. 조선어소사전이라는 것이 있었지만 단어장을 조금 늘린 정도라 쓸 만한 사전이 아니었습니다. 다케우치 요시미 선생님이 「조선어를 추천함朝鮮語のすすめ」이라는 평론에서 쓰기도 했고, "대학은 학생에게 서양어 하나와 아시아어 하나를 배우게 해야 한다"라고 말씀하셨습니다. 다만 다케우치 선생님의 수업은 무료했지만, (청중 웃음) 때때로 손님이 찾아왔습니다. 홋타 요시에堀田善衛 씨나 오카자키 도시오岡崎俊夫 씨 등이 와서 학생들과 잡담을 했는데 저는 그게 꽤 즐거웠습니다.

조선어를 배우기 시작한 해인 1958년 8월에 고마쓰가와사건小松川事件이 일어납니다. 어제 학술 보고에서도 이진우 이야기가 나왔지만, 이진우라는 청년이 만 19살에 강간살인사건을 일으키고 22살에 때 사형을 받습니다. 고등재판소의 판결이 나왔을 때 하타다 다카시旗田巍 선생님이 '이진우 소년을 돕는 모임'을 만들었습니다. 돕는다 해도 목숨을 구하는 것뿐으로 그의 죄는 죄로 인정하고, 다만 죄를 짓게 되기까지의 환경을 고려해서 하다못해 무기징역을 구형했으면 좋겠다는 것이 이 모임의 취지였습니다. 저도 하타다 선생님의 수업을 듣고 있어서 함께 움직였습니다. 다만 하타다 선생님의 전문 분야는 고려사로 관련된 한문을 읽는 수업을 하셨습니다. 하타다 선생님을 중심으로 운동이 전개됐습니다.

저도 구치소에 몇 번인가 가서 이진우와 면회를 했고 그의 가족과도 만났습니다. 이진우의 집은 에도가와구江戸川区 시노자키篠崎에 있었습니다. 지금이야 지하철이 다니고 있지만 그 당시에는 신코이와新小岩에서 가는 버스밖에 없었습니다. 저는 신코이와에서 살고 있었기에 버스를 타면 바로라서 이진우의 집에 몇 번인가 갔습니다. 서울대의 김윤식 교수와 함께 이진우의 여동생이 일하는 한국 식당에 가서 밥을 다 먹고 나와서 식당에서 만난 여자가 그녀라고 했더니 꽤나 놀라워했습니다. 김윤식 교수는 그때 일을 어딘가 에세이에 썼습니다.

그런 모임 가운데 김달수 씨와 만났습니다. 물론 김달수 씨와는 전부터 알고 지냈는데 친해진 것은 그가 '이진우 소년을 돕는 모임'에 나온 후부터입니다. 김달수 씨는 무척 바빠서 2, 3번밖에 모임에 나오지 못했을 겁니다. 나올 때마다 "고맙습니다" 하고 저희에게 고개를 숙였습니다. 저는 "고맙습니다"라는 말을 들을 때마다 구명운동을 하고 있는 것이 아니라고 말하고 싶었으나 모임에서 만난 것을 계기로 그의 서재에 드나들었습니다. 김달수 씨의 집은 그 무렵 에고타江古田에 있었는데 그곳에 가면 흥미로운 책이 가득했습니다.

우선 잡지로는 『문장』이 있었습니다. 단행본으로는 『건설기의 조선문학』이나 혹은 임화의 시집 『너 어느곳에 있느냐』 등 전부 조선어로 쓰인 것이었지만 그런 책이 있어서 저는 그것을 빌려서 집으로 돌아와 사진으로 찍은 후 확대해 복사해서 철했습니다. 복사기가 없던 시대의 이야기입니다. 복사기가 없으니 사진으로 찍을 수밖에 없었습니다.

작가인 이은직 씨는 신주쿠에 있는 조선장학회에서 오랜 세월 일했던 인물입니다. 좀처럼 조선총련으로부터 벗어나지 못했던 사람입니다. 그가 『문장』을 전부 소장하고 있다고 해서 집에 찾아가자 "일본인이 무슨 목적으로 이용할지 알 수 없으니 빌려주지 못하겠다"며 거절했습니다.

그런 일은 실은 자주 있었습니다. 다른 이야기지만 제게 조선어를 처음 가르쳐준 분은 박정문이라는 분입니다. '문'은 한자로 삼수변에 '文'을 붙인 '汶' 자를 씁니다. 이 분은 학식이 있다고 해야 할지 정말로 존경할 만한 분입니다. 전문 분야는 음성학으로 사후에 공화국으로부터 박사학위를 받았습니다. 당시 이타바시板橋 주조十条에 있던 민족학교 중고등학교 선생님이었습니다. 목구멍이나 치아의 구조, 구강 구조를 그리고 이렇게 발음하면 입안이 이렇다라고 설명하는 수업이었습니다. 그러니까 근로청년 등의 일하는 사람이 야간 수업에서 그런 수업을 들으면 대부분이 질려버린다고 할지, 그런 지식은 필요하지 않다고 생각한 것인지 점차 학생이 줄었습니다. 서른 명 정도로 시작해 남은 학생은 불과 두세 명입니다. 두세 명 중에 저도 있었습니다.

제가 고등학교 교사를 하고 있을 무렵에 안도 선생님으로부터 적당한 조선어 선생님을 소개해달라는 의뢰를 받고 박정문 선생님을 소개했습니다.

와세다대학에서 교직원을 대상으로 한 조선어 강좌는 1961년에 만들어졌습니다. 학생 대상의 강좌도 그다음 해부터 시작됐습니다. 그렇지만 둘 다 정규 수업은 아니었습니다. 단위를 딸 수 없습니다. 게다가 둘 다 초급만 개설됐습니다. 애당초 교직원 대상 강좌를 만들었을 때부터 중국어 강사와 국어학 계통 강사가 중심이었습니다. 직무에 쫓긴 것도 있지만 언제까지고 초급반이어서 수강자는 제가 와세다대학에 부임한 1963년이 되자 문학부의 오쓰키 겐大槻建 씨와 저 둘뿐이었습니다. 둘이서 빨치산 회상기인 『연길폭탄』을 번역했는데 출판사가 꽁무니를 빼서 출판은 무산됐습니다. 게릴라 활동을 선동하는 책으로 보일까봐 지레 겁을 먹은 겁니다.

교직원 대상 조선어 강좌의 강사는 박정문 씨와 김호경 씨, 이름은 기억이 나지 않지만 이 모 씨였는데 후일 윤학준 씨 체제로 바뀝니다. 학생은 매년 저 혼자뿐이었습니다. 게다가 계속 초급이 이어졌습니다. 이 강좌에서 윤학준 씨를 중심으로 외부에서 많은 사람들이 모여서 문학 작품을 읽게 됐습니다. 당시 도쿄대학 학생이었던 시라카와 유타카白川豊 씨도 참여했습니다. 이렇게 『조선현대문학선』 1, 2가 만들어졌습니다.

다시 원래 이야기로 돌아가면 저는 1959년에 박사과정에 입학했습니다. 다케우치 요시미 교수님 연구실에 변함없이 있었지만 60년 안보투쟁이 벌어지자 상황이 변했습니다. 다케우치 선생님이 "기시 노부스케 아래에서 공무원으로 일하는 것은 부끄러운 일입니다"라고 말하며 교직을 그만두었습니다. 저희는 수업은 듣지 않고 '다케우치 그만두지 말라. 기시 노부스케 그만둬라'라는 플래카드를 들고 국회 주변을 매일같이 돌며 데모를 했습니다. 기시 노부스케는 아베 수상의 조부입니다. 이소령李素玲이라는 여성이 『식민지문화연구』 17호의 「시각과 안테나」 코너에 쓴 내용이 있습니다. 이 분이 도쿄대학 그룹에 속해 데모를 했다고 합니다. 당시는 대학마다 그룹을 만들어 데모를 했는데, 와세다 쪽으로 와달라고 해서 함께 나란히 데모를 했던 적이 있습니다.

다음해에도 저는 여전히 박사과정 학생이었는데 그 당시에는 과정을 하며 고등학교 교사를 할 수 있었습니다. 박사과정 2년 때 고등학교 교사가 됐습니다. 그 후 반년이 지난 6월 14일에 결혼을 했습니다. (웃음) 아내는 재일조선인입니다. 저희 집안에서 반대를 했지만 아내의 집안에서는 일본인과 결혼을 한다고 해서 한층 더 반대가 심했습니다. 그때도 안도 선생님이 양쪽 집안의 부모와 만나 설득을 해주셨지만 반대가 워낙 완강했습니다. 그러자 안도 선생님이 "그러면 자네 아내 될 사람을 내 양녀로 삼아서 오무라 군과 결혼시키겠네"라고 말씀해 주셨습니다. 음, 이런 이야기는 이제 그만두죠. (청중 웃음)

다음해인 1962년에 '일본조선연구회'가 결성됩니다. 일본을 앞에 붙인 것처럼 일본에 서서 조선 연구를 지향한다는 겁니다. 연구회 이사장이 후루야 사다오古屋貞雄라고 하는 중의원의원으로 노동운동가 출신입니다. 데라오 고로寺尾五郎, 안도 히코타로, 하타다 다카시, 후지시마 우다이藤嶋宇内, 가와고에 게조川越敬三, 와타나베 마나부渡部学, 하타다 시게오畑田重夫 등이 중심이었습니다. 하타다는 공산당원으로 도

지사 선거에 몇 번이고 입후보했지만 낙선됐습니다. 그 외에 오자와 유사쿠小沢有作, 가지이 노보루, 가지무라 히데키梶村秀樹, 미야타 세쓰코宮田節子 등의 젊은 연구자도 있었습니다. 운영 실무는 데라오 고로와 사무국의 기모토 겐스케木元賢介가 담당했습니다. 다케우치 선생님도 연구소 설립대회에 출석했는데 그 후에는 연구소에 등을 돌렸습니다. 연구소에는 혈기왕성한 사람이 많았습니다. 한일회담 반대 투쟁을 위해 매일같이 어학강습회를 하러 나갔습니다. 강습회에 가지 않았던 것은 저뿐입니다.

저는 문학서클과 어학서클에 들어갔습니다. 문학서클이라 해도 문학을 하고 있는 사람은 가지이 노보루 씨와 저, 이렇게 둘뿐입니다. 나머지는 모두 일본어로 된 것만 읽었습니다. 결국 재일조선인문학을 하더군요. 그래서 그만뒀습니다. 그리고 어학 쪽은 나중에 도쿄외대 교수가 되는 간노 히로오미菅野裕臣 씨와 둘이서 강사를 하던 시기가 있었습니다. 간노 씨는 한국에서 돌아왔을 때 조선연구소의 사무국에 있었습니다. 간노 씨와 둘이서 팀을 꾸려서 그는 초급, 저는 중급을 담당했습니다. 회장은 분쿄구청에 있는 강의실을 썼습니다. 지금과는 장소와 건물 모두 다릅니다. 일본조선연구소는 어디에 있었냐 하면 라멘 가게 2층이었습니다. 라멘집 2층에서 그런 강연회를 열 수 있는 공간은 없습니다. 그래서 밖에서 공간을 빌렸던 셈입니다. 길가에서 간노 씨와 스쳐지나가는 순간 오른손을 들어서 이렇게 합니다. 이건 V사인이 아니라 오늘 수강생은 두 명뿐이었다는 뜻입니다. (청중 웃음) 운동단체 사람들은 처음에는 기합이 들어서 기세 좋게 오지만 운동 쪽이 바빠지면 발길을 끊습니다.

연구소 시절에 남겨 놓은 일은 『조선문화사』 상·하 2권의 번역 작업입니다. 원본은 공화국 사회과학원 역사연구소에서 편찬한 것으로 미제본 인쇄물입니다. 연구소 사람이 공화국에 갔을 때 현지의 협력을 얻어서 촬영해서 만든 호화로운 책입니다. 두 권을 함께 들 수 없을 정도로 무겁고 호화로운 책입니다. 며칠이고 집에 가지 않고 틀어박혀서 번역을 했습니다. 와타나베 씨, 가지이 씨 그리고 저까지 셋이서 번역의 중심이 되었습니다. 출판은 아동문화사亜東文化社였습니다. 현재의 아동사는 그 후신입니다. 아동사는 최근에 『만선일보滿鮮日報』 복각판을 냈습니다.

저는 연구소에서 이단이라고 해야 할지 방계傍系라고 해야 할지 소극적인 편이었습니다. 하지만 밖에서 보면 그렇지도 않았던 것 같습니다. 집에 찾아온 공안 형사가 "연구소에서 이사를 하는 모양인데 매달 얼마씩 받고 있나?" 하고 물어본 적이 있습니다.

와세다대학에 유학생을 위한 일본어 과정이 처음 생긴 것은 1963년입니다. 그때까지는 사무원들이 틈이 나면 가서 가르치는 수준이었습니다. 일본어 강사는 제각각으로 원래 일본어 강사였던 사람이 없어서 국어학의 전문가가 있는가 하면, 국회에서 속기사를 하던 사람도 있었고 전쟁 중에 영어강사를 하다가, 적국의 언어를 가르칠 수 없게 되자 동남아시아에 가서 일본어를 가르친 분이라던가, 혹은 전후 진주군進駐軍 등 영어권에서 온 사람들에게 일본어를 가르치는 일을 하던 분이라던가, 그런 사람들의 집합이었습니다. 저는 그 어디에도 속하지 않았지만 그쪽 나라 말을 조금 알기에 채용됐습니다. 대만을 포함해 중국과 한국에서 온 학생이 전체의 7할 가까이였습니다.

저는 아마추어치고는 정말 열심히 가르쳤습니다.

대학에 개설된 유학생용 일본어는 여하튼 처음이어서 교과서를 하나 만든다고 해도 모두 생각이 달랐습니다. 이야기가 조금도 정리되지 않았고 게다가 처음에는 연구실도 없었습니다. 그런 와중에 다시 중국어 교수로 법학부로 옮기지 않겠냐는 제안이 왔습니다.

법학부는 그때까지 사네토 게이슈實藤恵秀 교수가 전임으로 있다가 교육학부로 옮겨가 그 이후 뒤를 잇는 전임이 한 명도 없었습니다. 그래서 법학부에 갔습니다. 법학부에는 10년 동안 있었습니다. 그 10년 사이에 기시 씨와 만났습니다. 저는 중국어를 가르쳤지만 마음은 조선에 이끌려가는 상황이 이어져서 꽤나 괴로웠습니다. 그러는 사이에 1974년 무렵부터 법학부에 재직하면서 어학교육연구소이하, 어연에서 조선어 교육을 겸임해 담당하게 됐습니다.

어연에서는 1962년부터 학생을 대상으로 조선어 강좌를 열었습니다. 주 1회로 초급반뿐이었습니다. 처음에는 우메다 히로유키梅田博之 씨, 다음으로는 오에 다카오大江孝雄 씨가 맡았습니다. 후에 초급 주 2회, 중급 주 2회, 회화 주 2회로 커리큘럼이 바뀐 후부터는 김유홍 씨도 가세했습니다. 이후 오에 씨가 해외로 연구 유학을 떠나서 제가 어연 조선어 수업을 겸임하게 됐습니다.

1978년에는 와세다대학이 개교한 이후 첫 조선어 전임교수로 다시 어연으로 자리를 옮겼습니다. 법학부에서 어연으로 옮기게 된 것은 제 자신이 중국어를 가르칠 에너지가 없는 상황이었기에 학생들에게 미안한 마음이 근저에 있었습니다. 이후에도 중국어나 조선어는 무언가 정치적 사건이 터지면 이수하는 학생이 갑자기 늘거나 줄어드는 상황이 이어졌습니다. 그해에는 마침 중국어 수강생이 줄어들어서 법학부 중국어 교수가 기시 씨와 오무라 둘 다 필요한 상황이 아니기도 했습니다. 하지만 자리를 옮기는 과정은 순조롭지 않았습니다.

1970년, 법학부에 있을 때 동인지 『조선문학-소개와 연구』를 냈습니다. 사상 처음으로 일본인으로만 구성된 조선문학 번역·연구 잡지였습니다. 이 모임은 완전히 아마추어 집단입니다. 저는 중국학 연구자고, 동인인 다나카 아키라田中明 씨는 『아시아신문』 기자, 가지이 노보루 씨는 중학교의 생물 교사, 이시카와 세쓰石川節 씨는 샤미센 선생님, 오쿠라 히사시小倉尚 씨는 『동양경제』 기자, 창간호 출판 때부터 들어온 조 쇼키치 씨는 한국에서 돌아온 방랑자였습니다. 다만 당시는 아마추어 집단이 될 수밖에 없었습니다. 조선문학을 전문으로 연구하는 인재를 양성하는 기관은 어디에도 없었습니다. 간노 씨는 도쿄외대 몽골어학과를 나왔고, 사에구사 도시카쓰三枝壽勝 씨는 교토대학 물리학과의 조수였으니까요. 조 쇼키치도 도쿄외대 중국어학과 출신입니다.

『조선문학-소개와 연구』 창간호 편집 후기에 제가 쓴 내용입니다. "우리 모임에 회칙은 없다. 하지만 최소한 이 모임이 ①일본인의, 적어도 일본인을 주체로 한 모임일 것, ②백두산 이남, 현해탄에 이르는 지역에서 태어나 그리고 살아가는 민족이 낳은 문학을 대상으로 할 것을 확인한다"고. 일본인 쪽에서 조선문학을 연구해 가는 것, 한국·북조선의 분단을 넘어서 총체로서의 조선문학을 파악하려는 노력은 이 무렵에 이미 결정됐습니다.

한편 조선어를 둘러싼 환경도 변해갔습니다. 1974년 고순일 씨가 아사히신문에 투고한 「NHK에 조선어 강좌를 개설하라」를 계기로 76년에 문화인 40명의 호소로 「NHK에 조선강좌 개설을 요망하는 모임」이 발족해 서명운동을 전개했습니다. 이 운동을 조선어라고 하다니 안 될 말이다, 한국어라고 해야 한다는 한국 측의 맹렬한 반대에 부딪쳐 좌초했습니다. 생각지도 못하게 정치 문제로 발전하고 말았습니다. 이에 대해서는 제가 「NHK '한글강좌'가 시작되기까지」라는 글에 정리해 놓았습니다.이 글은 한국에 출판된 『한국문학의 동아시아적 지평』(오무라 마스오 저작집 4)에 실려 있다—역자 주

1975년, 당시 나가이 미치오永井道雄 문부대신이 "세계의 변화에 맞춰서 일본인이 국제화되기 위해서는 영어는 중학교에서부터 공부를 하는데, 이웃나라 말인 조선어는 오사카외국어대학과 텐리대학에서밖에 가르치지 않는 모순을 극복해야만 한다"고 발언한 것에 압도된 것처럼 상부 주도로 도쿄외국어대학에 조선어과가 만들어졌습니다. 흐름을 탄 듯 1976년에는 도야마대학 인문학부에 조선코스를 개설하는 움직임이 시작됐습니다. 당시 인문학부장인 데사키 마사오手崎政男 씨와 문부성 간의 교섭이 어떤 것인지는 알 수 없습니다. 다만 데사키 씨가 가장 먼저 제게 도야마대학에 오지 않겠냐고 제안했습니다. 저도 중국어 교수로서는 실격이라고 생각해 마음이 움직였지만, 얼마 전에 집을 새로 지어서 가지이 노보루 씨를 추천했습니다. 하지만 데사키 씨도 필사적이어서 문부성 회의에서는 오무라 마스오로 할 테니 바로 직전에 갈 수 없다고 거절해 달라는 것이었습니다. 세상사에 어두운 저는 그렇게 하면 되는 것인가 생각했습니다. 하지만 문부성은 그렇게 무르지 않아서 와세다대학 법학부장의 할애서割愛書

를 쓰라고 압박해 왔습니다. 이 사람은 내주기 아까운 인재지만 도야마대학에 할애한다는 계약서입니다. 아내에게는 말하지 못했지만 길바닥에 나앉을 수도 있다는 각오였습니다. 유일한 길은 와세다대학 안에서 조선어 담당으로 가는 시도입니다. 그 무렵 조선어는 어연에만 있어서 졸업 단위로 인정되지 않았습니다. 저는 다시 어연으로 돌아가는 것에 모든 것을 걸었습니다. 연구 업적은 꽤 있었고 조선어가 필요하다는 인식도 점차 인정되고 있던 시기여서 어연의 관리위원회교수회의와 유사에서 부서 이동을 허락받았습니다. 1978년의 일입니다. 하지만 그건 안도 선생님의 기대를 저버리는 것이어서 꽤나 마음이 괴로웠습니다. 그 후 정치경제학부에서 중국어를 3, 4년 동안 담당했지만 그것으로는 마음의 부채 의식을 다 해소할 수 없었습니다.

문학으로 다시 이야기를 돌리면 1973년 『현대조선문학선』 1, 2를 출판했습니다. 이 책은 750부를 찍었는데 다 팔리지 않아 재단해서 폐기된 것이 많아서 여러분이 볼 기회가 적을 겁니다. 후일 중국의 김학철 씨가 이 책을 읽은 것을 알고 놀랐습니다. 이 문학선에 실린 작품은 모두 일본인이 번역한 겁니다. 다만 해설은 윤학준 씨가 썼습니다. 김달수 씨의 제자 격인 분입니다. 하지만 둘은 싸우고 멀어졌습니다. 복잡합니다, 재일조선인 사회도. 윤학준 씨는 자신의 역할을 잘 했습니다. 그늘에서 우리를 지탱해줬습니다. 감사하는 마음은 있습니다.

1975년에 『상흔과 극복』아사히신문사이라는 책을 냈습니다. 서울대의 김윤식 교수가 쓴 책을 번역한 겁니다. 이 책은 『한일문학의 관련양상』에서 발췌한 글과 다른 책 『임화연구』를 합친 겁니다.

『임화연구』에 인용된 임화의 시는 제가 한 일본어 번역을 조선어로 다시 번역한 것이라고 김윤식 교수가 쓰고 있지만 그건 사실과 다릅니다. 김윤식 교수는 원본을 가지고 있었지만 그렇게밖에 말할 수 없었습니다. 1987년은 1988년 서울올림픽을 앞두고 한국 정부가 조선민주주의인민공화국이하, 공화국의 일부 문학자를 인정한 해이기도 합니다. 그 이전은 월북문학자, 북에 간 문학자, 혹은 계속 북에 있는 문학자의 책을 가지고 있는 것만으로 반공법에 걸려 체포됐습니다. 그래서 그런 표현을 한 겁니다.

임종국 씨의 『친일문학론』도 번역했습니다. 임종국은 범상치 않은 인물입니다. 한일회담을 앞두고 쓴 책입니다. 1966년에 나왔습니다. 이 책에는 위기감이 넘칩니다. 자신의 부모나 스승도 비판합니다. 친일행위를 한 사람은 숨기지 않고 밝혔습니다. 그래서 대학에 남지 못했습니다.

그는 생계를 위해 천안에 있는 산 정상에 땅을 사서 과수원을 만들었습니다. 전기가 들어오지 않아 자가발전을 했습니다. 우편물이나 신문은 산에서 내려가 받아와야 했고, 도로도 없고 건축 자재를 경운기로 실어와 집을 지었습니다. 그래서인지 온돌이 약간 상태가 좋지 않아서 연료인 장작 태우는 냄새가 마루에서 아련히 올라왔는데 좋은 냄새였습니다. 임종국 씨는 과수원도 만들었는데 꽤나 손이 많이 가는 일입니다. 복숭아도 포도도 잘 되지 않아 결국 남은 것은 밤뿐입니다. 밤은 생각보다 품이 많이 들지 않습니다. 밤 농장을 하고 있을 무렵 방문했을 때 밤밥이라고 해야 할지 밥밤밤이 더 많았고 주인공인 쌀은 별로 없는을 얻어먹었습니다. 그 후로 가족간의 교제를 이어갔습니다. 임종국 씨의 취미는 기타였는데 그는 작은 일로는 기가 죽지 않았습니다.

1984년에 『조선단편소설선』 상·하 2권을 셋이서 공동 번역해 이와나미문고에서 처음으로 냈습니다. 이와나미문고에서 전전에 낸 김소운의 번역이 있습니다. 『조선시집』이나 『조선동요집』이 있는데 일본인이 번역해서 낸 것으로는 저희가 작업한 것이 최초입니다.

1988년에는 문고판이 아니라 『한국단편소설선』이라는 책을 냈습니다. 서울올림픽을 기대하고 냈는데 전혀 팔리지 않았습니다.

연변 조선족자치주를 향한 관심

연변 조선족자치주를 향한 관심은 전부터 있었습니다. 조선문학을 연구하다보면 구 '만주'를 체험하지 않은 문학자가 거의 없을 정도로 모두가 어떤 의미에서든 관련되어 있습니다. 특히 제가 번역하고 처음으로 논문다운 것을 썼던 것이 최서해와 관련된 것입니다. 최서해의 작품에는 '만주' 체험이 살아 있습니다. 게다가 1963년에 안도 선생님이 쓴 「연변기행延邊紀行」을 읽고 연변에 가고 싶다고 생각했습니다. 도쿄대학 동양문화연구소 기요紀要에 실린 글입니다.

1985년에 해외 유학 기회를 얻어서 연변에 갔습니다. 처음에는 연변 쪽에서는 거절을 당해서 그렇다면 어쩔 수 없으니 장춘으로 가서 여름방학이나 겨울방학 때 연변에 가려고 장춘에 있는 동북사범대학과 계약을 맺었습니다. 전가專家, 국가가 초빙하는 전문가 계약을 맺고서 시수까지 받았는데 취소하고 연변으로 갔습니다. 마지막 순간에서야 연변대학에서 받아주겠다고 하는 겁니다.

다만 연변대학에서는 전가로서가 아니라 외국인연구생 자격입니다. 그러니까 대학원생입니다. 외국인연구생은 수업료가 무척 비쌉니다. 저는 봉사활동이라고 생각해 일본어과 수업을 맡을 생각이었는데 보수를 주고 연구생 수업료를 상쇄하자는 식으로 이야기 됐습니다. 저를 담당한 분은 권철權哲 교수라는 분입니다. 당시는 부교수였는데 "부교수가 어떻게 정교수를 가르치냐"고 해서 한 번도 수업을 들은 적이 없습니다.

하지만 연변에 가길 정말 잘했다고 생각했습니다. 중국어를 헛되이 배운 것이 아니라고 느꼈습니다. 한때는 주눅이 들어서 중국을 대해왔는데 연변에 이르러 드디어 자신의 안에서 중국과 조선이 유기적으로 결부됐습니다. 뜰에서 닭 열 마리를 키우며 달걀을 팔러 오는 아저씨, 매일 아침 '환멘파오換面包'를 외치며 빵과 양표糧票, 식권을 교환하러 오는 아주머니가 지금도 그립습니다. 연길의 서시장西市場도 당시에는 빌딩이 없어서 하남시장河南市場처럼 노점이 늘어서 있었습니다. 시장에서 장을 보고 장바구니를 아내에게 들게 하자 그건 남자가 들어야 한다고 혼내던 아주머니, 길에서 화장실은 어디냐고 물을 생각으로 "화장실이 어디입니까?" 하고 묻자 상대방이 의아한 표정으로 "큰 병원에 있습니다" 하고 가르쳐줬습니다. 조선어 발음으로 화장실化粧室과 화장실火葬室은 똑같습니다. 그 사실을 후일 알고서 웃음이 나왔습니다. 당시 연변에는 화장실이란 말이 없고 '측소厠所' 혹은 '변소'라고 말해야 했던 겁니다. 연변에서의 생활은 대단히 즐거웠습니다.

하지만 자료 쪽으로는 꽤나 실망스러웠습니다. 조선 관계 문헌이 거의 남아있지 않았습니다. 전후 직후에 나온 공화국의 책이나 진귀한 책이 있었던 것과, 윤동주나 김조규의 족적을 꽤 알 수 있게 된 것 외에는 귀중한 발견은 없었던 셈입니다.

윤동주는 한국의 국민 시인으로 불리고 있습니다. 하지만 그는 중국에서 태어나 자랐습니다. 중학교는 세 곳을 다녔는데 평양의 숭실중학을 나온 후 서울의 연희전문학교현재의 연세대학교로 진학했습니다. 이후 일본으로 유학을 떠났는데 그 시기를 다 해도 중국에 있었던 기간이 훨씬 깁니다. 그러므로 중국의 시인이라고도 할 수 있으며, 조선의 시인이라고 할 수 있는 그런 작가였습니다. 용정시 교외에 있는 산에서 전후 40년 동안 방치되어 있던 윤동주의 무덤을 찾았습니다. 한국인에게는 상당히 충격적인 일이었어요. 그 당시 한국과 중국은 국교가 없었습니다. 경제인이나 정치가들이야 연변에 꽤 드나들었지만 대부분은 들어오지 못했습니다. 그러므로 국민시인 윤동주의 무덤이 일본인 손에 다시 발견됐다, 혹은 일본인이 앞서갔다는 생각에서일까요. 일본인이 윤동주를 죽여 놓고서 일본인이 무덤을 찾았다는 것에 한국인은 '역사의 아이러니'『동아일보』를 느꼈던 것 같습니다.

조선학회에서 내는 『조선학보朝鮮學報』에 「윤동주의 사적에 대해서尹東柱の事跡について」라는 '조사 보고'를 썼습니다. 논문으로 인정받지는 못했습니다. 묘비 삼면에 새겨진 윤동주의 경력과 친척 관계, 다녔던 교회, 병원, 집터 등 1985년 시점에서 한국에서 두 편의 번역이 나왔습니다. 하나는 윤인석尹仁石이 『문학사상』에 실은 번역입니다. 윤인석 씨는 윤동주의 친조카로 그가 직접 번역한 겁니다. 그 글에 붙여

서 「나는 왜 윤동주의 고향을 방문했는가」라는 글이 제가 쓴 것처럼 되어 있습니다만, 그것은 편집부가 완전히 날조한 기록입니다. 게다가 그 글을 보면 제가 조선문학을 시작한 동기가 "죄의식에 사로잡혀서"로 되어 있는 게 아닙니까. 저는 절대로 그렇게 생각하지 않으며 그렇게 쓰지도 않았습니다. 게다가 한국인 앞에서 속죄의식을 내세우며 좋은 사람인척 하다니 칼날이 목에 들어와도 하지 않을 소리입니다. 게다가 교묘하게도 윤인석 씨에게 보낸 편지의 제 사인을 전용해서 마치 그 문장을 제가 쓴 것처럼 꾸며놓은 겁니다.

내용증명을 보내서 경우에 따라서는 재판을 할 각오까지 했습니다. 하지만 막상 한국에 가서 사장님과 만나고 나니 마음이 변했습니다. 사장님 말로는 한국 내 일반 독자의 눈으로 보자면 한국인 앞에 넙죽 엎드리는 일본인의 이미지가 아니라면 그런 글은 실을 수 없다는 겁니다. 그 글을 게재하려면 꼭 「나는 왜 윤동주의 고향을 방문했는가」를 함께 실을 필요가 있었다는 난처한 변명을 듣고 있는 사이에 제 각오가 흐지부지되어서 (웃음) 그 이후 사장님과 꽤 친해졌습니다. 그런데 얼마 안 있어 그 사장님이 암에 걸렸습니다. 당시 한국은 의료 시스템이 충분히 정비되어 있지 않았습니다. 일본에서 수술을 하고 싶다고 해서 제가 신원보증인 역할을 한 적도 있습니다. 이미 30년도 전의 이야기입니다. 그 때문인지 어떤지는 모르지만 월간지 『문학사상』을 매호 보내줍니다. 사장도 이제 바뀌어서 현재는 아들이 사장 자리에 있습니다. 어쩌면 제가 죽을 때까지 잡지를 보내줄 생각인지도 모릅니다. (웃음)

1999년에 『사진판 윤동주 자필 시고전집』심원섭 외편이라는 책을 한국에서 냈습니다. 심원섭 씨가 중심이 되어 만든 책입니다. 민음사에서 낸 책으로 발간까지 3년이 걸렸습니다. 윤동주 연구의 기초 문헌이지만 3쇄를 찍어 겨우 1,500부가 나갔습니다. 윤동주라는 시인이 생전에 발표한 작품은 겨우 5, 6편이고 나머지 대부분은 원고 상태로 남아있습니다. 이런 예는 좀처럼 없습니다. 그런데도 국민시인이 된 겁니다.

사실 유족은 사진판을 낼 생각이 없었습니다. 제게 공이 있다고 한다면 사진판을 내라고 유족을 설득한 것이겠죠. 자필원고를 사진판으로 내는 것에 큰 의미가 있다고 생각했습니다. 이런 책을 내면 기존의 연구가 크게 바뀔 것이라고 믿었습니다. 시집의 판본은 꽤 많지만 그중에서도 가장 신뢰할 수 있는 있는 책이 『윤동주전시집-하늘과 바람과 별과 詩』 정음사 1판, 2판, 3판입니다. 1948년에 나온 것이 초판으로 31편의 시가 실렸고, 재판이 1955년으로 93편의 시가 실렸습니다. 3판이 1978년으로 116편, 이번에 낸 사진판에는 124편으로 편수만이 아니라 내용도 꽤 다릅니다. 윤동주가 원고에서 삭제한 부분은 대부분의 시집에는 인쇄되어 있지 않습니다. 왜 지웠는가. 그것을 고찰하는 것도 연구라고 할 수 있을 겁니다.

처음에는 윤동주도 한국 사회에 받아들여지지 않았습니다. 연세대학교에도 기념비 등이 세워지지 않았었습니다. 거절당했습니다. 모든 시인의 비석을 세우면 연세대학교 캠퍼스는 시비로 가득찰 것이라고 했습니다. 유족은 몇 번이고 몇 번이고 거절당한 후에야 마침내 그곳에 비석을 세울 수 있었습니다.

그에 이르는 과정에서 윤동주의 동생, 윤일주尹一柱 씨는 윤동주의 시를 모두가 알기 쉽게, 그러니까 부분적으로 변경했습니다. 방언은 표준어로, 철자도 현대풍으로, 윤동주가 같은 작품에 몇 번이고 손을 대서 미완성으로 끝난 경우에는 좋은 부분만을 취합해서 하나의 작품으로 만드는 식으로. 가장 유명한 「서시」라는 시도 원고와 시집을 대비해 보면 7군데나 차이가 납니다.

연변에서 윤동주 관계의 사적조사를 한 덕분에 육필 원고를 보고 싶다는 제 청을 유족이 받아들여줬던 것 같습니다. 그 정도로 윤동주가 유명해졌는데도 육필 원고를 보고 싶다고 유족에게 말했던 한국인 연구자는 1996년까지 나타나지 않았던 겁니다. 저는 1986년에 육필 원고를 처음 봤는데 한국인보다 먼저 봤다고 말하지 말아달라는 유족의 뜻을 존중해서 10년 동안 침묵을 지켰습니다.

연변에 가길 잘했다고 느낀 것은 제가 조선문학을 연구할 때 조선만으로는 안 된다는 사실을 실감했던 것과 이어집니다. 요컨대 일본과 중국과 남과 북한반도에 이르는 전 동아시아적인 시야를 확보해야 한다는 것을 확인한 겁니다.

연변 관계 책으로는 1987년 연변에서 돌아오고 다음해에 『중국의 조선족』『연변조선족자치주개황(延辺朝鮮族自治州概況)』을 번역한 책을 고베에 있는 '무궁화 모임むくげの会'에서 낸 겁니다. 무궁화 모임에서는 제목을 「중국의 조선인」으로 하자고 제안했지만 그것만은 양보할 수 없다고 버텨서 『중국의 조선족』으로 결정됐습니다. 조선족이라는 말이 당시에는 귀에 익지 않았기에 무궁화 모임의 제안도 일리는 있습니다.

1989년 『시카고복만－중국 조선족 단편소설선』에서는 현존하는 13명의 작가를 다뤘습니다. 그리고 1999년, 기시岸 선생님이 주관한

『새로운 중국문학』 전6권에서 조선족인 최홍일崔紅一의 소설 『도시의 곤혹』이 들어갔습니다.

맞닥뜨린 곤란함

끝으로 '맞닥뜨린 곤란함'입니다. 이것은 우선 일본 안에서 조선문학을 연구하는 사람이 여전히 소수라는 것을 말합니다.

오카다 히데키岡田英樹 씨가 '우라노미치요浦野美千代'라는 펜네임을 썼다는 이야기를 들었습니다. 우라노미치요는 '뒷길이다裏の道よ'라는 의미인데 그렇다 해도 만주문학은 중국문학이라는 전체 속의 일부입니다. 그에 비해 조선문학은 그 이상의 '뒷길 중의 뒷길'이라고 해야 할까요. 조선문학이 중국문학의 50분의 1, 100분의 1에 해당하는 위치를 얻고, 연구 면에서도 인재 면에서도 일본 학계에 배치되어야만 합니다. 예전보다 좋아졌다고는 해도 조선학은 극히 소수파입니다. 그러므로 연구자 개인의 부담이 무척 크며 연구 테마를 좁히기 힘듭니다.

현대어학숙現代語學塾, 숙은 민간의 교육기관을 말한다이라는 것이 지금도 있는데 혹시 그곳의 관계자는 없으시겠죠? (웃음) 현대어학숙은 김희로 사건 재판 가운데 만들어진 경위가 있습니다. 김희로는 폭력단원을 두 명 사살하고 시즈오카 스마타교寸又峡에서 농성했습니다. 그 사건 재판이 열렸는데 재판 과정에서 오사와 신이치로大沢真一郎라는 분이 '국제적 시야가 꼭 필요하다'고 생각했다고 합니다. 그는 우선은 조선어숙朝鮮語塾부터 만들자고 결의합니다. 하지만 조선어숙만 만들어지고 다른 외국어는 사라졌습니다. 그래서 '현대어학숙'에서 조선어를 한다는 것은 이름과 실체가 다소 맞지 않다고 생각했어요.

그곳을 개교할 때 많은 사람이 밀어닥쳤습니다. 여성이 많았습니다. '우리는 매일매일 싸우고 있는데 너희들은 뭘 그렇게 태평스럽게 어학 따위를 하냐'는 주장이었습니다. 돌아가 달라고 부탁했습니다.

도쿄외국어대학에 조선어과가 생겼을 때도 그런 종류의 반대운동이 있었습니다. 경찰관이 어학연수를 받는 곳이 될 거라는 겁니다. 더 지독했던 것은 현대어학숙에서 제 개인에 대한 비판입니다. 현대어학숙에서 어학 외에 때때로 강연회가 열렸습니다. 어학숙 제1기 강사를 맡은 것도 있어서 그곳에서 강연을 했는데, 제가 그때 조선학은 소수파라는 하타다 다카시旗田巍 선생님의 주장을 옹호했습니다. 하타다 선생님은 일본조선연구소의 기관지인 『조선연구』 좌담회에서 "조선학은 일본 안에서 특수 부락"이라는 이야기를 해서 차별발언을 했다며 비판을 받았습니다. 하타다 선생님의 말씀이 심했을지는 몰라도 조선학이 소수파라는 것은 사실입니다. 제가 하타나 선생님을 옹호해서 그곳의 학생들에게 꽤 당했습니다. 그것은 집요했습니다. 저는 귀찮아져서 자기 비판서를 썼습니다. 전시중의 전향자나 중국 문화대혁명 당시의 지식인의 기분이 조금은 이해가 됐다고 할 수 있습니다. 그 곤욕스러운 일은 제가 한국 고려대학에 간 것이 1992년 봄이니 약 반년 이상 학생들의 '투쟁'이라는 형태로 계속됐습니다. 그런 급진파와 정면으로 맞닥뜨리는 것도 곤란한 일 중의 하나입니다.

조선총련과의 불화도 있었습니다. 「과도기」라는 한설야의 소설이 있습니다. 와세다대학 도서관에는 『조선지광』 1927년 11월 이후 호가 전부 소장되어 있습니다. 「과도기」가 실린 호도 소장되어 있어서 가지이梶井 씨에게 건네주고 번역을 의뢰했습니다. 그런 와중에 항의가 들어왔습니다. 1950년 후반에 한설야는 우리나라공화국에서 부정되고 있다, 더구나 「과도기」는 공화국판도 있는데 어째서 그것을 쓰지 않느냐는 겁니다. 「과도기」는 후일 대폭 개고됐습니다. 전후에 북에서 나온 것이 그렇습니다. 조선총련의 항의는 가지이 씨가 아니라 연구소로 왔습니다. 연구소도 '일본조선연구소'와 '일본'이라는 것을 붙이고 강조하고 있었으니 조금이라도 자기주장을 했으면 좋았을 텐데 적당히 얼버무렸던 것 같습니다.

'남북의 대립에 관한 일본인의 입장'에 대해서는 방금 전에도 말씀드렸듯이, 1987년까지 남과 북의 문학사는 완전히 다르게 서술되는 것이었습니다. 남북분단 후 문학사 서술이 남과 북에서 다른 것은 이해가 되지만, 하나였던 해방 전의 근대문학사에서 다뤄지는 문학자가 일치하지 않습니다. 놀라운 것은 거의 일치하지 않는다는 겁니다. 세 명인가 다섯 명만이 남북에서 함께 다뤄지고 있습니다. 최서해와 김소월 그리고 또 한 명입니다. 그런 상황이 된 것을 실증적으로 밝히며 김삼규金三奎라는 독자적인 통일론을 지닌 분이 『조선평론』에 글을 쓴 적이 있습니다. 한국 연구자들도 괴로울 것이라 생각합니다. 충분히 알고 있는데 쓸 수 없었으니까요. 영인본조차도 월북작가의 인명을 풀네임으로 넣지 못해서 이×영이기영이나 임×임화 식으로 넣습니다.

'한양사건'이 벌어집니다. 1973년 11월, 박정희 대통령 정권 때 긴자에서 한양원漢陽苑이라는 야키니쿠숯불구이 가게가 있었는데 그 사장이 『한양』이라는 한글 잡지를 내고 있었습니다. 거기에 김우종, 임헌영 그리고 어제도 이야기가 나왔던 이호철 그리고 장백일, 정을병, 이렇게 다섯 명이 공화국의 스파이라는 죄목으로 체포됐습니다. 『한양』에 초대되어 일본을 방문했던, 혹은 기고했던 한국의 평론가, 문학자는 정말 많습니다. 그 많은 필자들 가운데서 다섯 명만이 『한양』에서 원고료를 받았다면서 반공법으로 체포됐던 겁니다. 표적수사입니다. 반정부 인사라는 이유입니다. 그 재판 증거로 도쿄역에서 저와 함께 찍은 사진도 있습니다. 김우종 씨가 교토 구경을 하고 싶다고 해서 교토에 갈 때 『한양』 사장이 저와 김우종 씨의 기념사진을 찍어 줬습니다. 그것이 스파이라는 증거사진으로 제출됐습니다. 스파이가 공공장소에서 사진을 찍다니 말도 안 됩니다. 그리고 라디오카세트 또한 증거로 들었습니다. 라디오카세트는 일본에서라면 단파방송도 들을 수 있습니다. 김우종 씨가 공화국의 방송을 들었던 것이 아닌가 하고 의심을 받았습니다. 한국에서는 공화국의 방송을 듣고 싶어도 들을 수 없습니다. 정부 당국에서 방해 전파를 내보고 있습니다.

다섯 명 중의 한 명, 장백일 씨가 윤동주 세미나에서 이 사람오무라을 원망하면 안 된다고 말했습니다. 저를 옹호하는 의미에서입니다. 원망하면 안 된다는 것은 일반적인 사람은 원망하고 있다는 의미겠죠. 윤동주의 무덤을 찾아낸 것이 저는 누군가로부터 칭찬받을 일이라고는 생각하지 않지만, 그렇다고 누군가에 원한을 살 일이라고는 생각하지 못했었기 때문에 그건 꽤나 충격이었습니다.

연세대학교에서 세미나가 열렸을 때 심원섭 씨가 사회를 봤고 저는 「윤동주의 독서력」을 다뤘습니다. 윤동주가 어떤 책을 읽었는지 고증을 했던 겁니다. 윤동주가 구입하고 사인을 했던 책 중에 남아 있는 것은 일본어 서적이 많습니다. 일본에 유학을 했으니 일본 책을 많이 샀을 겁니다. 제가 한 고증이 뜻하지 않게 연세대학교의 젊은 연구자의 역린을 건드린 모양으로 윤동주는 일본에서 치안유지법에 걸려 체포되어 살해됐는데 일본으로부터 사상적 영향을 받았다는 식으로 말하는 것은 윤동주를 모독하는 것이라고 하더군요. 그런 주장에는 정말이지 손발을 다 들었습니다. 말문이 막히고 말았습니다.

올해2019 6월 15일에 한국 소명출판에서 오무라 마스오 저작집 전6권이 나왔습니다. 5권까지가 논문, 6권이 문학앨범입니다. 사진은 제가 제공하고 문학앨범의 편집은 모두 편집부에 맡겼습니다. 앨범은 윤동주, 김용제, 임종국 그리고 중국의 김학철 이렇게 4명이 중심입니다. 잘 팔리지 않는 학술서를 내준 것에 정말 감사하고 있습니다. 더구나 일본인의 저작을 출판해준 것이니 상당한 결단을 내린 것이죠.

김용제라는 인물은 일본 프롤레타리아 시인과 함께 활약했습니다. 전전 일본의 일본공산주의청년동맹이라는 조직, 현대풍으로 말하자면 민청과도 같은 것입니다. 그곳에 들어갔습니다. 김용제는 이토 신키치伊藤新吉의 권유로 조직에 들어갔고 그 후에는 기타야마 마사코北山雅子로 이어지는데 조직 보호상 당사자도 자신의 앞과 뒤에 있는 사람 각각 한 명씩만 알 뿐입니다. 이토 신키치가 자백을 해서 김용제의 이름이 드러나 체포됐는데 그는 끝까지 분투해 기타야마 마사코의 이름을 입 밖에 내지 않았습니다. 치안유지법에 체포됐더라도 문학자는 길어야 1년이나 2년입니다. 김용제는 4년 동안 형무소에 투옥되어 있었습니다.

그는 1939년부터 이른바 전향을 해서 친일문학의 길로 달려갑니다. 친일문학을 해서 양적으로는 이광수에 이어 작품 수가 많을 겁니다. 그러므로 임종국의 『친일문학론』에서 크게 다뤄집니다. 하지만 저는 김용제가 전전에 했던 활동, 1938년까지 했던 활동은 일본의 전위 그룹과 함께 하며 오히려 선두에 서서 싸웠던 만큼 그 공적까지 부정할 수는 없다고 믿습니다. 전향했다고 해서 전 생애를 부정하는 한국인의 합창에 가담할 수는 없다는 식으로 쓴 적이 있습니다.

김용제와 임종국, 두 사람과 만나면서 사이좋게 지낸다는 것은 한국에서는 생각할 수 없는 일입니다. 저 녀석 머리가 어떻게 된 게 아니냐고 할 겁니다. 고려대학교에 강만길이라는 역사학자가 있습니다. 강만길은 어느 쪽이냐 하면 좌파로 제가 김용제 이야기를 하자 "아직 살아 있습니까?" 하면서 화를 냈습니다. 김용제는 전향을 변명하지 않고 6년 동안 친일문학 행위를 위해서 전후 50년을 울지 않고 가만히 숨죽여서 살다가 한국에서 세상을 떠났습니다. 강만길 씨는 와세다에도 1년 동안 와 있었고 고려대학교 교수로 미국에서 열린 학회에서도 함께 가는 등 사이가 좋지만 역시 그렇게 생각하더군요.

김학철은 정말 격렬한 사람입니다. 원산 태생으로 중학교를 졸업한 후에 상하이로 넘어가 항일운동에 종사했고, 국민당 계열 군관학교에 들어갔습니다. 이윽고 신사군新四軍 그리고 팔로군八路軍의 일부로 조선의용군으로 활동했습니다. 태항산에서 일본군과 교전하던 중에 부상을 당해 포로가 됐습니다. 치안유지법으로 10년 형을 받았습니다. 일본이 패전해서 중도에 출옥했고, 한국에서 문학자로 활동하다 미군정의 좌파탄압으로 생명의 위기를 느끼고 38선을 넘어서 북으로 들어갔습니다. 6·25전쟁 때 중국에 들어가 딩링丁玲에게 문학 수업을 받고 연변으로 옮겨가 1957년 반우파투쟁 당시 20년여 동안 집필을 금지당했고, 문화대혁명 때는 체포되어 10년 동안 감옥에 갇힌 파란만장한 생애를 보냈습니다.

곧 『김학철선집』 전 5권의 번역을 간사이關西 사람들과 함께 낼 예정이지만 아직 확정되지 않았습니다. 제가 담당한 『단편소설선』 번역은 이미 끝났습니다.

또한 제 관심은 제주도에 있습니다. 연구의 중심을 북쪽은 연변으로부터, 남쪽은 제주도로부터 시작해 마지막에는 중앙을 향하면 좋겠다고 생각하고 있습니다. 제주도에 사는 작가 다섯 명과 제주도 출신 현대 작가 4명의 소설을 번역해서 『탐라국 이야기』1996, 고려서림를 낸 후에 『돌과 바람과 유채꽃과—제주도 시인선』2009, 신간사을 일본에서 냈습니다. 19명의 제주도 시인과 만나서 인터뷰를 하고 작품을 번역해 실었습니다. 제주도에는 『제주문학』 그룹과, 그 후에 생긴 『제주작가』 그룹의 대립 갈등이 격렬한 곳으로 저는 중간에 있고자 신경을 씁니다. 그렇지 않으면 제주도의 실제 문학 상황을 파악할 수 없다고 믿기 때문입니다.

이제 예정된 시간이 다 지났습니다. 후반부 이야기는 시간에 쫓겨서 부족한 부분이 있었지만 이것으로 마치겠습니다.

* 이 글은 2018년 7월 15일 일요일 와세다대학 경제학부 건물에서 개최된 식민지문화학회 총회 이튿날 열린 강연의 속기록을 니가타대학의 후지이시 다카요藤石貴代 교수가 기록한 것을 편자가 한국어로 옮긴 것이다.

대담집 발간에 부쳐, 뜻志의 인간 오무라 마스오

심원섭

1. 마지막 선물

한 일본인 학자의 논문과 저서를 망라한 저작물 전집, 인생의 주요 테마들을 사진으로 시각화한 문학앨범이 한국에서 출판된 것은 근대 한일관계사에서 최초로 발생한 '사건'이다. 몇 외국 유명 작가의 경우를 제외한다면, 한국의 어느 연구자의 경우에도, 조선과 한국을 사랑했다는 근현대 일본인의 계보 속 어느 인물의 경우에도 이런 일이 일어난 적은 없다. 그리고 그의 인생 역정과 시대사, 연구력을 대담 형태로 정리한 대담집 『오무라 마스오와 한국문학』이 이번에 나왔다.

대담집이란 한 인물의 육성을 원형에 가깝게 정리해 놓은 책이다. 논문이나 에세이 같은 장르와 달리 대담은 자신의 인생과 철학을 스스로 직설하는 장르다. 본인의 아우라를 짙게 담고 있는 이 자료집이, 그를 사랑하는 한국의 독자를 향한 오무라 교수의 마지막 선물 혹은 유품 같은 느낌이 든다.

오무라 마스오 교수의 존재가 한국의 독자들과 매스컴, 학계에 널리 알려지기 시작한 것은 윤동주 묘소 발견 보고1985, 윤동주 자필시고전집 간행1999 이후부터의 일이다. 그의 인생과 연구력, 일본의 조선문학 연구사 등을 본인으로부터 직접 듣는 대담 시도가 한국 측으로부터 시작된 것은 2000년대 후반부터의 일이었던 것으로 기억한다. 그 작업자 중에는 필자도 포함되어 있었다. 이후 언제쯤인가부터 한국 매스컴의 대담 요청이 매년 거의 '정기적'으로 이어졌던 것을 기억한다. 오무라 교수에 대한 한국 사회의 호의적 관심이 하나의 문화 현상으로서 자리잡고 있었던 시기의 일로 기억한다.

2010년대 들어서서는 본격적인 의미에서의 두툼한 대담 작업들이 곽형덕·장문석 교수, 연변신문 리홍매 특파원에 의해 진행된 바 있는데, 곽형덕 교수의 이번 대담집은 이 작업들의 심화 종합판이라고 할 수 있다. 취사取捨를 거칠 수밖에 없었던 일부 사안도 없진 않으나, 오무라 교수에 대한 대담 자료집으로서는 질과 양 모든 면에서 종합 결정판에 가깝다고 해도 될 것이다. 몇 차례의 대담 내용을 종합한 것이어서, 정보들이 중첩 확장되는 방식으로 기술되어 있기도 하다. 그것이 디테일의 풍부성, 자료적 신뢰성을 이 책에 더하고 있다. 곽 교수가 한국인들이 궁금해 하는 맥락들을 빠짐없이 모아 질문하고 명료한 답변을 이끌어낸 점도 빛난다. 아마 이 이상의 볼륨과 디테일을 갖춘 자료집은 앞으로 나오기 어려울 것이다.

2. 쇼와昭和 생활사

대담 내용은 유소년기, 가족사 체험 내용으로부터 시작된다. 꽤 소상한 수준까지 회고담이 진행되는데, 이제 와 생각해 보니, 학자에 대한 대담 내용으로서는 특이하다는 느낌이 든다. 작가 연구에 필요한 '작가론'을 진행하는 경우라면, 당연히 이렇게 '모든 것'을 조사하는 작업이 필요하다. 그런데 왜 한국인 대담자들은 한 외국인 학자의 개인 가족사와 성장기 체험을 꼬치꼬치 캐물었고 당사자는 왜 또 이렇게 소상히 답을 했던 것일까. 이것은 한국인의 관심이, 오무라 마스오의 저작물 뒤에 있는 것, 오무라 마스오라는 인간과 그 시대를 이해하는 데까지 나아가고 있었다는 것을 의미하는 것이 아닐까. 아마 그 역도 마찬가지일 것이다. 오무라 교수도 당신의 개인사와 시대사 — 한국과 역사적으로 공유되는 곳이 많은 — 을 한국 연구자나 독자들에게 공개하는 일에 호의를 갖고 있었던 것 같다.

가족사와 유소년기, 성장기 체험으로 이어지는 오무라 교수의 회고 스타일은 거의 사소설적이다. 윤리적 개입, 가치 판단은 최소한도에 그치고 있다. 특히 전쟁 말기 소개지 체험 내용은 근대 일본의 국가 범죄 속에서 평범한 일본인의 몸과 마음이 어떻게 붕괴되어 가고 있었는가를 보여주는 생생한 증거물이다. 그 외에 한국과 크게 다르지 않았던 가부장적 가족제의 풍경, 권위주의와 실용주의가 혼합되어 있던 대학 사회, 한국어 학습과 결혼 과정 속애 개입되어 있던 '재일' 사회와의 긴장, 지식인 사회의 풍속도, '재일'과 한반도, 중국을 대하는 일본 지식계의 동향, 한국어 교육 시스템 시발기의 취업 풍속도 등등이 흥미진진하게 펼쳐진다.

이 모든 내용들은 오무라 마스오 개인은 물론, 그를 둘러싼 이른바 쇼와昭和 생활사와 한일관계사의 일부를 구성하는 생생한 내용들로서 역사적 문화적 가치가 풍부하다. 한국 측에도 마찬가지일 것이다. 일본에서의 한국문학 연구사, 한국어 교육 시스템의 정착 과정, 전후 재일 사회의 움직임 등등, 시선을 끄는 자료들이 풍성하게 담겨 있다.

오무라 교수의 스승 두 분의 인생 행보에 대한 제자 입장에서의 스케치도 흥미롭다. 중국 문혁에 대한 지지를 끝내 철회하지 않아 제자들이 떠나갔다는 안도 히코타로, 자유인으로서의 전설적인 삶을 선택해 산 다케우치 요시미가 공산당에 거부감을 갖고 있었다, 조선 연구의 필요성을 역설하고 있었다, 그의 영향으로 인해 오무라 교수가 조선학을 선택하게 되었다는 증언들, 한국에는 처음 알려지는 일이 아닐까.

3. 있는 그대로 사는 법

무거운 성질의 대담을 진행하면 보통 '고비'에 이르게 되어 있다. 답변자가 발언에 부담을 느끼는 '민감한' 사안이 등장하는 경우가 있기 때문이다. 이럴 경우 질문자들은 에둘러 가거나 완곡한 표현을 쓰는 경우가 많은데, 이런 대목에서 질의자 곽 교수가 보여주는 스타일은 직설적인 정공법이다. 부러운 방법이다. 선입관 없이 물으면 선입관 없는 답이 명료하게 나온다.

"한국전쟁을 선생님은 어떻게 인식하고 계셨나요?"

"조선전쟁은 신문으로는 알고 있었지만, 특별히 제 삶을 바꿀 정도의 인식은 없었어요. (…중략…) 당시 조선은 제 인식의 영역 안에 없었습니다."

"선생님께서는 귀국 / 북송사업에 대해 어떻게 생각하셨나요?"

"일본인인 제가 할 말은 별로 없습니다. 다만 이제 와서 귀국사업을 모든 악의 근원처럼 이야기하는 것에는 동의할 수 없습니다."

이 짧고 명료한 답변 스타일이 오무라 마스오의 화법이다. 의견들이 첨예하게 갈릴 수도 있는, 혹은 모종의 기대가 담겨 있는 '고비'적인 질문들이 오면 대부분의 답변자들은 흔들리게 되어 있다. 심리적으로 모종의 타협을 시도하게 되므로 말이 중첩되고 길어진다. 오무라 마스오 교수의 대응은 위와 같이 단문 직설형이다.

"시간이 지나면서 윤일주 씨가 그려준 약도가 생각났습니다. (…중략…) 연변대학에 가서 그 약도를 바탕으로 해서 부탁받은 묘를 찾을 생각을 하기 시작했습니다. 말씀드린 것처럼 윤동주 시인의 묘를 찾는 것은 부차적인 것이었지 연변 '유학'의 첫 번째 목표는 아니었습니다."

"커다란 이야기를 하는 것을 좋아하지 않아 대답하기 어렵습니다."

"제가 해야 할 일을 했을 뿐입니다. 저는 영민하기보다 둔탁한 사람입니다. 정치적인 것은 체질에 전혀 맞지 않습니다."

한국은 커다란 이야기를 즐기는 나라다. 그 한국 사회가 오무라 마스오 교수에게 부여한 이미지도 일종의 '영웅' 이미지다. 그 역할을 상호 전제한 위에서 질의 응답이 오가는 것이 통상적인 인터뷰극이라는 것인데, 오무라 교수는 그런 기대 지평에 일체 배려를 하지 않는다. 순간순간 자신에 대한 정직성을 잃지 않고 평정을 유지하는 일, 모르는 것은 모른다, 아는 것은 안다고 하는 것, 자신의 분分을 늘 명료하게 유지하는 이 모습! 35년 넘게 뵈어 온 필자도 이 대담집을 보며 새삼 감동을 느낀다. 오무라 교수가 실로 영웅인 것은 이 때문이라고 나는 생각한다. 인생은 늘 역설이다.

4. 뜻志으로 사는 사람들

오무라 교수는 한국 작가 중 김학철의 영향을 가장 많이 받았다고 밝혔다. 동아시아 문학사의 대호걸인 김학철은 물론 중요하지만, 오무라 교수를 곁에서 오래 뵈어 오며 공동 작업도 꽤 해 온 나의 입장에서 보자면, 그와 가까웠던 한국문학자 명단에 김용제, 임종국을 거의 동등한 선까지 입력해 넣을 수 있다고 생각한다.

해방 후 경력 은폐와 날조, 변명을 양산하며 자리 쟁탈전에 지식인들이 좌우를 막론하고 뛰어들던 시절, 일체 함구한 채 묵묵히 한국 사회의 그늘 속에서 고단한 삶을 '살아낸' 이가 김용제다. 그는 1989년 서울에서 오무라 교수와 함께 뵌 적이 있다. 오무라 교수는 묵묵히 고독한 싸움을 계속했던 김용제에게서 일종의 영웅 이미지를 보아냈던 것으로 생각된다. 젊고 철없던 나에게 동행을 바란 오무라 교수의 깊은 뜻, 잊지 않고 있다.

그와는 정치적으로 대극적 자리에 있던 임종국이 오무라 교수와 평생 가까웠던 이유도 엇비슷하지 않을까. 임종국은 '친일'을 안고 있던 한국 파워 엘리트들로부터만 버림받은 것이 아니다. '보통'의 제도권 대학 시스템 자체로부터, 생계 차원에서부터 철저하게 배제되어 있었다. 그에게 풍부하게 남아있던 것은 연구권權이었는데, 지병에 나쁜 산속 살림을 계속하면서 밤농사로 약간의 돈을 마련하면 바로 상경하여 자료 카드 작성에 몰두하는 생을 보냈다. 한국 사회 전체와 맞서면서 묵묵히 자신의 길을 간 그의 후반기 인생 디테일을 생생하게 한국 사회에 전한 것도 바로 오무라 마스오다.

그는 김학철에 대해 이렇게 말했다.

제가 만년의 작업으로 김학철을 선택한 것은 그에게는 갈 수 있는 길이 어디에도 없었기 때문입니다. 끊어진 길을 앞에 두고 그는 시련의 나날을 보내면서도 자신의 뜻을 굽히지 않았습니다. (…중략…) 그가 남긴 "사회의 부담을 덜기 위해/가족의 고통을 줄이기 위해/더는 연연하지 않고 깨끗이 떠나간다/병원, 주사 절대 거부/조용히 떠나게 해달라./편안하게 살려거든 불의에 외면을 하라/사람답게 살려거든 그에 도전을 하라"는 유언도 생생합니다.

오무라 교수는 임종 사실을 주변에 절대 알리지 말라고 부탁하고 조용히 세상을 떠났다. 그와 평생의 지기로 함께 식민지문화학회를 이끌었던 니시다 마사루西田勝 교수가 자신의 죽음을 주변에 알리지 말라, 재는 바다에 뿌리라 하고 타계한 뒤 얼마 지나지 않아서였다. 그도 영웅이었다.

세상에는 한 가지 뜻의 관철을 목표로 인생을 사는 이들이 꽤 있다. 그런 이들의 육성을 귀로 들을 수 있는 것도 흔치 않은 행운이자 복이다. 재삼 이 대담 자료집의 출간이 경축스럽다.

이 책은 오무라 마스오 선생님과 진행했던 대담에 마침표를 찍는 작업이다. 공식적인 대담 작업은 2017년부터 시작돼 선생님을 뵐 때마다 짧게는 1시간 길게는 4시간 정도의 시간을 들였고, 2022년 가을 무렵에는 10회를 넘어가고 있었다. 그 사이에 전후 일본에서 조선문학 연구를 시작한 계기를 비롯해 중국문학에서 조선문학으로의 전환, 한일협정 이후의 한국문학 등 반세기에 걸친 선생님의 연구사를 청해들을 수 있었다. 당초 대담집 작업은 2021년 발간을 목표로 하고 있었는데, 2020년 발생한 코로나19 팬데믹으로 크게 늦어졌다. 서면이나 전화 등의 방식도 택할 수 있었지만, 선생님의 성격상 대면해서 대화를 하지 않으면 단답형으로 답변이 돌아올 것이기에 도항이 가능해질 날만을 손꼽아 기다렸다.

코로나 팬데믹 이후 선생님을 다시 뵌 것은 3년 만인 2022년 7월 일본에서였다. 한국과 일본 사이를 오갈 수 있게 되면서 2020년 이후 끊어졌던 선생님과의 (대면) 대화를 다시 시작할 수 있었다. 이후 선생님이 지난해 늦가을 제28회 용재학술상시상식 : 2022.11.21을 받기 위해 한국을 찾으시면서 다시 대화가 이어졌다. 이후 선생님의 건강은 날이 갈수록 안 좋아졌다. 선생님과 약속한 마지막 대담 날짜는 2023년 1월 10일이었는데 12월 말부터 대담 질문지를 보내고 신년인사를 드려도 아무런 답장도 오지 않았다. 예정된 날짜에 이치카와 오노의 선생님 댁을 방문했지만 이미 선생님은 입원한 후였다. 그래서인지 선생님 댁은 평소와 달리 생기가 없고 쓸쓸한 느낌이 들었고,

평소 반겨주던 고양이토라와 에미도 어딘가에 숨어서 나오지 않았다. 병원으로라도 찾아뵙고 싶었지만 코로나19 방역 관리로 가족도 면회가 안 되는 상황이라 사모님과 말씀을 나누고 발길을 돌렸다. 그 후 선생님의 건강이 염려돼 몇 차례 전화를 드렸다. 1월 16일 오전에 전화를 드려 선생님의 안부를 여쭈었는데 잠깐의 정적 후에 선생님께서 1월 15일에 타계하셨다는 말씀을 들었다.

2022년 11월, 9일간11.17~25의 한국행 당시 윤동주의 모교인 연세대에서 수여하는 용재상을 받고 한국의 친우 및 '제자'들과 마지막 인사를 하실 수 있어서 더없이 행복해 하셨다는 사모님의 말씀을 들었다. 11월의 한국행이 선생님께서 온 힘을 다해 내주신 마지막 시간이었던 셈이다. 1월 24일 심원섭, 김응교, 윤인석 선생님 등과 함께 선생님의 돌아가신 모습을 뵙고 왔지만 어리석게도 여전히 실감이 나지 않았다. 그럴 때마다 끝나지 않은 대담을 정리했다. 하지 못했던 마지막 대담으로 인해 발생된 공백은 녹음 파일을 다시 듣거나, 선생님과 주고받았던 수백 통의 메일 등을 참고해서 보충했다. 그래도 이어지지 않는 내용은 사모님께 전화를 해서 물어보거나, 선생님의 저서를 참고했다. 그 과정 속에서 생물학적 죽음으로 끊어진 대화의 길을 선생님이 남겨 놓은 흔적과 책 속에서 잇고 있다는 느낌을 받았다.

돌이켜보면 선생님은 내게 친근한 상대는 아니었다. 2007년 무렵부터 와세다대학에서 열렸던 조선문화연구회에서 선생님을 몇 차례 뵈었지만 인사를 드리는 정도였다. 그때마다 말수가 적은 선생님과 달리, 옆에 계신 아키코 사모님께서 "우리 집에 놀러와요"라고 말씀해 주셨다. 그러던 중 선생님 댁에서 전차로 20분 정도 떨어진 곳으로 이사를 하면서 자연스레 선생님 댁을 방문하기 시작했다. 말수가 적은 선생님과 언제부터 친밀해졌는지는 잘 기억이 나지 않는다. 아마도 그건 내가 시골에서 태어나 농사일에 거부감이 없다는 점과, 김사량문학을 향한 애착이 영향을 미쳤던 것인지도 모르겠다. 사모님은 내 행동이나 성격의 일단 중에서 젊은 시절 선생님과 비슷한 면을 찾아내면 "정말 똑같네요" 하고 말씀하시면서 함께 있던 내 아내와 얼굴을 맞대고 웃으셨다. 주말이면 번역이나 박사논문 원고를 들고 자전거를 타고 선생님 댁을 찾아가 질문을 하고 이야기를 듣는 동안 머리가 맑아졌다. 선생님의 파란 지붕집 아래에서 봄이면 함께 텃밭에 씨를 심고, 가을에는 감을 땄다. 텃밭 뜰에 있는 네모란 테이블에 둘러 앉아 시원한 바람을 맞으면서 얼려놓은 감을 먹으며 보냈던 시간은 아름다운 추억이다.

친밀함이 없었다면 선생님의 성격을 생각할 때 장기에 걸친 대담 작업은 아마도 불가능했을지도 모르겠다. 대담 또한 의도했다기보다는 오랜 시간 동안 했던 대화가 자연스레 체계를 갖춘 기록으로 변화된 것이라 해야 할 것 같다. 처음에는 잘 파악이 되지 않았던 대화 또한 반복을 거치면서 구체적인 하나의 시대상으로 다가왔다. 오랜 시간 동안 선생님과 대화하면서 느낀 것은 선생님은 무뚝뚝하고 말수가 적은 사람이 아니라는 것이었다. 선생님은 말수가 적은 것이 아니라, 신중하게 말을 고르고 불필요한 말을 삼가며 이를 짧은 언어로 표현했다. 이는 글에서도 마찬가지다. 오무라 마스오 저작집 중에는 졸역한 『한국문학의 동아시아적 지평』소명출판, 2017은 선집의 형태로 초기의 에세이들도 포함하고 있다. 선생님의 문체는 둔탁하고 단조로워 보이지만 그 안에는 다채로운 색채가 빛난다. 선생님의 성격을 반영하는 듯한 화려하지 않은 단문의 단조로운 문체 안에는 뜨거운 열정이 감춰져 있다. 기교와 과장이 없는 문체지만 그 안에는 불타는 열정과 유머 그리고 따뜻함이 있다. 『한국문학의 동아시아적 지평』에 실린 「그 땅의 사람들」과 「연변생활기」는 에세이스트로서의 면모 또한 유감없이 드러내고 있다. 특히 「그 땅의 사람들」에서 "내 조국이라고 부를 수 없지만 사랑하는 대지를 밟았다"라는 구절은 인상적이다. 한일 양국의 복잡한 가해와 피해의 역사를 생각해 보면 쉽게 쓰여진 글은 아닐 것이다. 『한국문학의 동아시아적 지평』에 실릴 글을 고르고 번역하는 과정에서 청년 오무라 마스오의 불타는 열정과 시대를 향한 분노를 엿본 기분 또한 들었다.

지난해 여름 진보쵸의 서점 CHEKCCORI에서 개최된 '심연수, 도쿄, 근대문학의 장소2023년 심연수 도쿄 학술세미나'에 참석했다. 심연수는 오무라 선생님이 수십 년 전부터 주목하고 있었던 시인이기도 하다. 세미나에서 선생님이 주재했던 『조선문학－소개와 연구』에 관한 발표를 했는데 꺼림칙함이 없지 않았다. 그것은 비단 거리가 가까운 대상을 연구하는 것이 저어되서만이 아니라, 선생님께서 자신에 관한 논문이 나올 때마다 "나는 이미 연구 대상이 된 것인가요?"라고 말씀하시면서 쓸쓸해하시던 모습이 생각났기 때문이다. 세미나가 끝난 후 함께 갔던 박수연, 오창은 평론가와 함께 파란 지붕집이 보이는 곳에 위치한 선생님의 묘소를 찾아 두 손을 모아 명복을 빈 후 사모님을 뵈었다. 국립 한국문학관으로 선생님의 장서를 연내에 보낼 계획으로 사모님은 무척 분주해 보이셨지만, 대담집에 들어갈 청년 시기의 앨범과 동인지 등을 서재에서 내주셨다. 사모님께 대담집 출간 계획을 말씀드리자 훌륭한 사람으로 박제되는 것이 아니라 화도 내고 일상을 살아갔던 모습 그대로가 좋다는 취지의 말씀을 해주셨다. 대담 내내 선생님이 걱정하셨던 것도 그 지점이었다. 하지만 아쉽게도 선생님의 속마음을 가장 잘 드러내는 대담의 일부를 현재로서는 공개할 수 없다. 대담을 녹음하며 어떤 부분에서 선생님은 잠시 말씀을 멈추시고 '오프 더 레코드'를 요구하셨다. 따라서 이 책에는 관련된 내용은 단 한 줄도 포함돼 있지 않다. 사모님과 말씀을 나누는 중에 선생님을 추모하는 모임을 계획하는 정장 시인, 사가와 아키 시인 등이 방문했다. 정장 시인은 선생님과 함께 '김학철문학선집 편집위원회'를 꾸렸던 멤버이기도 하다. 지난해 여름 방문 때, 선생님은 김학철의 『항전별곡』1983, 흑룡강조선민족출판사 일본어 번역에 매진하고 계셨다. 번역은 끝냈지만, 아직 후기에 해당되는 해설을 다 쓰시지 못한 상태다.

대담을 진행하며 마음에 오래도록 남은 말씀이 많지만 그중에서도 스스로를 돌아보고 변화하게 만든 것은 다음과 같은 구절이다.

> 어렵게 돋아난 새싹은 밟아 뭉개면 안 됩니다. 저는 생각이 다른 사람과도 함께 해왔습니다. 자신과 생각이 다르다고 새싹을 밟아 뭉개면 불모지가 됩니다. 제가 해 온 연구는 일본 내에서 '소수 민족' 상태였습니다. 서로 싸우면 아무 것도 이룰 수 없습니다. 그것뿐입니다.

지난 10여 년, 좁디좁은 그리고 사회로부터 점차 말의 힘을 잃어가는 '소수 민족' 상태의 문학 연구를 하며 "생각이 다른 사람"과 함께 해왔는가를 자신에게 되물어봤다. 선생님의 대담자로서 가장 큰 깨달음과 변화의 계기를 만들어준 말씀 중의 하나였다.

다시 뵐 수 없다는 슬픔이 크지만 선생님은 자신의 시대를 힘껏 그리고 여한이 없이 완주하셨다고 생각한다. 이 대담집을 청년의 마음을 끝까지 잃지 않고 조선문학 연구에 혼을 바치며 치열하게 한 시대를 살아냈으며, 한없이 넓은 품으로 아무런 보상도 바라지 않고 후학을 품으셨던 오무라 마스오1933.5.20~2023.1.15 선생님 영전에 바친다.

2024년 3월

곽형덕

난텐도쇼보南天堂書房

1917년에 마쓰오카 도로오마松岡虎王麿가 개업했다. 1층에는 서점, 2층에는 카페 겸 레스토랑. 현재는 같은 이름으로 서점만 운영중이다. 2022년 말 방문했을 때 서점은 휴업 중이었고 이전을 검토 중이라는 안내가 있었다.

김시종金時鍾, 1929~

1929년 부산에서 태어나 제주도에서 자랐다. 1948년 4·3항쟁에 참여하고 1949년 일본으로 밀항했다. 1950년 무렵부터 본격적으로 일본어로 시를 쓰기 시작했다. 재일조선인들이 모여 사는 오사카 이쿠노生野에서 생활하며 문화·교육 활동에 적극적으로 참여했다. 1953년 서클지 『진달래』를 창간했으며 1959년에는 양석일, 정인 등과 『가리온』을 창간했다. 1966년부터 오사카문학학교 강사를 시작했다. 1986년 『'재일'의 틈에서』로 제40회 마이니치 출판문화상, 1992년 『원야의 시』로 오구마 히데오상 특별상, 2011년 『잃어버린 계절』로 제41회 다카미 준상, 2022년 국립아시아문화전당이 주관한 제4회 아시아문학상을 수상했다. 1998년 김대중 정부의 특별 조치로 1949년 5월 이후 처음으로 제주도를 찾았다. 시집으로는 『지평선』1955, 『일본풍토기』1957, 『장편시집 니이가타』1970, 『이카이노시집』1978, 『원야의 시－집성시집』1991, 『화석의 여름』1999, 『경계의 시』2005, 『재역 조선시집』2007, 『잃어버린 계절』2010, 『배면의 지도』2018 등이 있으며 대부분 한국어로 번역됐다.

『목요수첩』

사토 하치로가 지인들과 함께 만든 문예지다. 목요일에 모여서 모임을 열어 '목요회'라는 명칭으로 불렸고 『목요수첩』 발간에 이르렀다. 초기에는 동요를 전문적으로 다루었고, 이후에는 시가 중심이 됐다.

안도 히코타로安藤彦太郎, 1917~2009

중국학 연구자이자 와세다대학 정치경제학부 교수로 문화대혁명을 끝까지 높게 평가했다. 1988년 정년 은퇴 이후에는 일중학원日中学院 원장을 역임했다.

이카이노

'오사카의 제주도'로 불렸던 곳이며, 제주4·3사건 이후 많은 제주 사람들이 난민으로 도피했던 곳이기도 하다. 1970년대 들어 인접 지역에 통합됐다.

『새조선마루새』

1950년 11월 15일 일본 도쿄도에서 창간된 조국방위전국위원회의 기관지로 타블로이드판 2면으로 구성됐다. 『새조선』은 한국전쟁과 관련된 내용이나 조국방위전국위원회 활동을 중점적으로 다루었다. 일본에서는 비합법 신문으로 취급됐으며 흔히 마루새로 불렸다. '새조선'의 '새'를 동그라미로 두르고 약어로 만든 명칭이다. 동그라미는 일본어로 '마루まる'이다.

귀국사업

재일조선인북송사업在日朝鮮人北送事業으로 흔히 불린다. 북송사업 등으로 병기되기도 한다. 1959년 12월부터 1984년까지 9만 3천여 명의 재일 동포들이 북한으로 영주 귀국한 사업이다.

청동사 시기의 김시종 시인 사진

2022년 7월 13일에 이코마에 있는 김시종 시인 자택을 방문해 사진을 보여드렸더니 기억에 전혀 없는 사진이라며 깜짝 놀라 하셨다. 조선총련의 압력으로 금방 막을 내린 김시종의 청동사 시기를 증언해 주는 몇 안 되는 사진이다.

일본조선연구소日本朝鮮研究所

일본인의 관점에서 옆 나라인 한국과 북한의 정치, 경제, 사회, 문화, 재일조선인 문제 등을 연구하기 위해 1961년에 설립되었다. 1984년 『조선연구』는 『현대코리아』로 잡지 명칭이 변경됐다.

일중학원日中学院

일본인에게 중국어를, 중국인에게 일본어를 가르치는 전문학교로 1951년에 설립됐다. 1986년에 일본어과가 개설되어 중국인에게 일본어를 가르치기 시작했다.

구라이시 다케시로倉石武四郎, 1897~1975

일본의 중국학자, 중국문학자다. 도쿄제국대학 문학부 지나문학과에 입학한 후부터 중국학을 평생의 업으로 삼았다. 1928년부터 2년간 중화민국 시기의 베이징에서 유학했다. 패전 후 도쿄대학 교수로 일본중국학회를 결성했다. 1958년에 퇴직한 이후 일중학원을 주재하는 등 중국어 교육에 헌신했다.

다케우치 요시미竹内好, 1910~1970

다케우치 요시미는 중국문학자이자 문예평론가이다. 루쉰 연구를 원점으로 평론활동을 전개했으며, 근대화가 늦어진 중국을 참조점으로 일본의 근대를 비판적으로 검토했다. 일본이 패전한 후에도 근대일본사상사나 국민문학론에 적극적으로 개입해 발언했다.

후루야 사다오古屋貞雄, 1889~1976

일제강점기 자유법조단의 변호사로 각지의 농민운동을 지원하였으며, 조선과 타이완에서도 변호사 활동을 하였다. 1952년부터 연속 3회 중의원 의원직을 맡았다. 1955년 후루야 사다오를 단장으로 하는 국회의원방조단에서 북한을 방문하여 김일성과 회견을 가졌다. 이때의 의뢰로 조선대학교 건설자금을 몰래 지니고 귀국해서 재일본조선인총연합회 중앙본부에 전달하였다. 후루야 사다오는 1961년 일본조선연구소를 창설하고 이사장에 취임하였다.

미야타 세쓰코宮田節子, 1935~2023

일본의 역사학자로 조선사 연구가 전문이다. 일본의 조선 식민지 지배를 비판적으로 파악했다. 이외에도 자유주의사관 연구회 비판, '새로운 역사 교과서를 만드는 모임' 비판, '한일병탄'을 부당하다고 주장하는 '2015년 일한역사 문제에 관해 일본 지식인은 성명을 발표한다'에 찬동하는 활동을 벌였다. 대표 저서로는 『창씨개명』明石書店, 1992이 있다.

윤학준尹學準, 1933~2003

호세대학에서 한반도의 언어와 문화를 가르쳤다. 한국전쟁이 끝나갈 무렵인 1953년, 20살에 도일해 호세대학 제2문학부 일본문학과에 입학했다. 잡지 『계림』 간행과 귀국사업에 관여했지만 갈등을 겪으며 조선총련과 멀어져갔다. 이후 오무라 마스오가 만든 '조선문학의 모임'에 적극적으로 참여했다.

가지이 노보루梶井陟, 1927~1988

조선어·조선문학 연구자. 도쿄부립제1사범학교 본과생물학를 졸업한 후, 1950~1955년 사이에 도쿄도립조선중학교에서 근무했다. 1978년에부터 도야마대학 인문학부 조선어조선문학 코스 주임교수가 됐다. 대표 저작은 이와나미현대문고에서 나온 『도립조선인학교의 일본인교사 1950~1955都立朝鮮人学校の日本人教師一九五〇~一九五五』이다.

다나카 아키라田中明, 1926~2010

일본의 조선 연구자. 구성舊姓은 야마다山田다. 일제강점기에 용산중학교를 졸업한 후에 해군경리학교에 입학했다. 제2차 세계대전 후 도쿄대학 문학부를 졸업한 후, 아사히저널 기자로 취재를 위해 한국을 자주 방문했다. 오무라 마스오와 함께 '조선문학의 모임'을 함께 하다, 1972년 아사히신문을 휴직하고 한국으로 유학을 떠났다. 저서와 번역서 대부분이 한국 사회에 관한 것이다.

량치차오梁啓超, 1873~1929

계몽 사상가이자, 입헌파 정치인, 언론가, 개혁가, 철학가, 문학가, 사학가, 교육가이다.

옌푸嚴復, 1853~1921

중국 청말 민국 초기의 사상가이다. 자는 기도幾道로, 1912년 국립 베이징대학의 초대 교장을 역임했다. 청일전쟁을 계기로 논단에 등장하여 「논세변지극」, 「원강原强」, 「구망결론救望決論」 등 논문을 발표함으로써 개혁론을 주창하였다. 민국 성립 후 위안스카이와 밀접하게 결합하기도 하고, 공자 숭배를 강조하여 5·4운동에 반대하는 등 보수주의로 흘렀다.

고사카 준이치香坂順一, 1915~2003

중국어 학자로 오사카시립대학 및 베이징대학 객원 교수 등을 역임했다. NHK중국어강좌 강사로 활약했다.

조 쇼키치長璋吉, 1941~1988

일본의 조선문학자. 도쿄 출신으로 도쿄외국어대학 중국어학과를 졸업한 후, 같은 대학에서 강사로 일했다. 서울에서 유학한 경험을 쓴 『나의 조선어 소사전—서울유학기私の朝鮮語小辞典—ソウル遊学記』1973가

대표작이다. 일본에서 나온 김사량 전집 작업에도 참여했으며, 김우종의 『한국현대소설사』1975 등을 번역했다. 오무라 마스오와 함께 '조선문학의 모임'을 함께 했으며 『조선단편소설선』1984, 『한국단편소설선』1988을 함께 번역했다.

안우식安宇植, 1932~2010

1932년 일본 도쿄에서 태어났으며 와세다대학 러시아문학과를 중퇴했다. 1960년대부터 문학번역가로 활동하며 많은 한국문학 작품을 일본어로 옮겼다. 1972년에는 『김사량-그 저항의 생애』, 1983년 『평전 김사량』 등을 일본어로 출간했다.

오하마 노부모토大濱信泉, 1891~1976

오키나와 이시가키섬에서 태어났으며 1918년에 와세다대학 법학부를 수석으로 졸업했다. 변호사를 하다 와세다대학 법학부 교수로 취임했다. 가라데 보급 등에 앞장서서 관련 협회 회장 등을 역임했다. 1966년에 와세다대학 학내 분쟁이 격화되며 총장직을 사퇴했다. 1997년 이시가키시에 오하마 노부모토 기념관이 세워졌다.

오자와 유사쿠小沢有作, 1932~2001

일본의 교육학자로 도쿄도립대학 교수를 역임했다. 재일조선인 교육 분야 연구자로, 일본조선연구소 연구원으로 활약했다. 대표저작으로는 『재일조선인교육론在日朝鮮人教育論』1974, 『부락해방교육론-근대학교를 재검토한다部落解放教育論-近代学校を問いなおす』1982가 있다.

가지무라 히데키梶村秀樹, 1935~1989

1959년 1월 조선사연구회 발족에 참가했으며, 1961년부터 1979년까지는 일본조선연구소에서 연구 활동을 했다. 조선 근대사 연구의 선구자 중 한 명으로, 정체 사관에 반발하고 전근대적 조선이 갖고 있던 자율적이고 내재적인 발전 가능성이 일제 강점으로 사라졌다는 '내재적 발전론'의 관점을 제시했다. 해방 이후 남북한의 사회경제 분석과 재일 한인의 역사 연구에도 힘을 쏟았으며, 조선사 연구의 발전에 크게 공헌하였다. 역사 연구 외에 김지하 지원운동, 김희로 지원운동, 지문 날인 거부운동 등 한국의 민주화운동과 재일 한인을 지원하는 사회운동에도 적극적으로 참여하였다.

하타다 다카시旗田巍, 1908~1994

1908년 경상남도 마산에서 태어났으며, 1931년 도쿄제국대학 동양사학과를 졸업했다. 졸업 이후 만철조사부에 소속되어 화베이농촌관행조사에 참가했다. 전후戰後 인간 부재의 동양사학 극복, 식민지 지배 부정 입장에서의 연구를 목표로 한국사 연구에서 중심적인 역할을 하였다. 괴뢰국 만주국와 조선의 역사는 하나이며 한반도의 역사와 문화는 만주국에 종속적이라고 하는 주장인 만선사관을 비판했다.

니시다 마사루西田勝, 1928~2021

새로운 근대문학을 창출하기 위해 오다기리 히데오小田切秀雄 등과 일본근대문학연구소를 창립해서 일본근대문학관 건설에 진력했으며 그 이름을 지었다. 1980년 일본의 우경화에 반대해 오다 마코토

등과 '일본 이대로 좋은가 시민연합'을 창립했다. 이 무렵부터 핵병기 폐기와 탈원전을 내세웠으며 관련된 국제 심포지엄을 여러 차례 개최했다. 2001년에는 근대 일본의 전체상을 비판적으로 응시하는 식민지문화연구회를 창립했다. 이 모임은 2007년에 식민지문화학회로 결실을 보았으며 기관지 『식민지문화연구』를 발간하고 있다.

민단

재일본대한민국민단의 약칭이다. 재일본대한민국민단은 1946년에 '재일 동포'의 법적 지위 확립과 문화향상, 국제친선, 조국 발전, 평화통일을 내걸고 창립됐다. 본부는 도쿄도 미나토구에 있다.

김달수金達壽, 1919~1997

경상남도 창원군의 몰락해가는 중농 가정에서 태어났다. 1930년 친형 김성수를 따라 도일해서 이후 넝마를 주워 팔고, 각종 공장에서 일하면서 오이심상야학교大井尋常夜學敎에서 일본어를 배웠다. 1939년에는 니혼대학 전문부 예술과에 입학했으며, 1941년에는 와세다대학 계열의 동인지 『창원蒼猿』에 가입했다. 이후 이 잡지가 『문예수도文藝首都』와 합병되어 김사량과 처음으로 만나 교류하면서 문학적으로 큰 영향을 받았다. 1942년 1월에는 가나가와신문사에 입사했고, 다음해 5월 경성일보사에 입사했다. 1944년 2월에는 경성일보사를 그만두고 다시 가나가와신문사에 들어갔다. 패전 직전인 1945년 6월 가나가와신문사를 퇴사했다. 전후 일본에서 김달수는 『민주조선』 및 일본 내 전후 민주주의와 관련된 작가가 결집했던 『신일본문학新日本

文學』에서 활약했다. 김달수는 허남기와 더불어 재일조선인문학사에서 전후 1세대 작가로 자리매김 했으며 일본문학계에서도 가장 널리 알려진 존재였다.

전학련

전일본학생자치회총연합全日本学生自治会総連合의 약칭이다. 전학련은 1948년에 결성된 일본의 학생자치회의 연합조직이다. 분열을 거듭하여 현재는 5개 단체가 '전학련'을 자칭하고 있으며, 각각 자기들의 정당성을 주장하고 있다. 당초 일본공산당의 영향하에 있었으나, 1955년 일본공산당 제6회전국협의회 이후 공산당에 대한 비판이 주류가 되었다. 또한 주류파 각파 간에 전학공투회의도 결성하여 1960년대부터 1970년대에 걸쳐 치열한 학생운동을 전개했다. 1970년대 이후로는 신좌파의 영향이 커졌지만 당파 간의 내분이나 연합적군사건 등으로 인해 운동은 퇴조했다.

이은직李殷直, 1917~2016

이은직은 전라북도에서 태어나 1928년 신태인공립보통학교를 졸업했다. 이후 4년 정도 고향의 일본인 상점에서 '사환'으로 일했다. 1933년 5월 일본으로 고학을 결심하고 도일하려 하였으나 지역 경찰에게 25회에 걸쳐 수속을 한 후에 도항증명서를 얻었다. 도일 후 1년 동안 시모노세키에서 사환으로 일하다 1934년 6월 도쿄에 있는 유리공장에서 일하면서 야간상업학교에 편입했다. 이후, 이은직은 여러 직업을 전전하면서 1937년 3월에 야간 상업을 졸업했고 같은

해 4월 작가를 지망해 니혼대학日本大學 예과 문과에 입학했다. 이때까지의 체험이 이은직이 써낸 일본어 소설의 근간이 됐다. 이은직은 니혼대학 예술과 동인지에 1939년부터 1942년까지 총 5편의 소설을 썼다. 그중에서 특히 피차별 민족 출신으로 일본 내지에서 차별받는 이야기를 그린 「흐름ながれ」1939.11~12은 제10회 아쿠타가와상 후보 작품에 들었다. 이은직은 일본이 패전한 이후에도 일본에 남아서 재일본조선인연맹조연 활동에 참가했고, 『민주조선民主朝鮮』 등에 작품 활동을 했다. 해방 이후 이은직은 조총련이 중심이 된 민족교육문화사업에 전력을 기울였다. 1960년에는 재단법인 조선장학회 이사가 되어 그 후 30년간 육영사업에 종사했다.

김용제金龍濟, 1909~1994

충청북도 음성군에서 태어났다. 청주중학교를 다니던 1927년 1월 고학을 목적으로 도쿄로 갔다. 1929년에는 추오대학中央大學 전문부 법과에 입학하지만 바로 학교를 그만뒀다. 1930년에는 『신흥시인新興詩人』 동인이 됐으며 같은 해에 프롤레타리아 시인회의 창립회원 중 한명으로 참여했다. 그다음 해에 김용제는 「사랑하는 대륙이여愛する大陸よ」『ナップ』, 1931.10를 발표했고, 이 시는 『일본 프롤레타리아 시집 1932년日本プロレタリア詩集 一九三二年』에 수록되는 등 상당히 높은 평가를 받았다. 오무라 마스오의 김용제 연구서의 제목 『사랑하는 대륙이여』는 이에 근거한다. 1936년 10월 '조선예술좌'사건으로 체포됐지만 불기소 석방을 조건으로 귀국을 강요받았다. 송환되기 전인 1937년 5월 나카노 시게하루中野重治의 여동생 나카노 스즈코中野鈴子와 연

인이 됐다. 1937년 7월 조선으로 강제 송환되고 1년이 채 되지 않아 정치적인 전향을 선택했다.

임종국林鍾國, 1929~1989

재야 운동가이자 일제시대 문학사 및 민중사의 대가로 주로 친일파들의 숨겨진 활동을 연구하고 알리는 일에 주력하였다. 대표 저작으로는 『친일문학론』1966이 있다. 임종국의 장례식장에 모인 사람들은 임종국이 남긴 자료를 물려받은 것을 계기로, 친일파 문제를 전문적으로 연구하는 '반민족문제연구소'를 1991년 2월 27일에 설립하였고 이후 이 연구소는 1995년에 '민족문제연구소'로 개칭하였다. 2005년에는 임종국을 기려 친일 청산에 공을 세운 사람에게 수상하는 '임종국상'도 제정되었다.

우지고 쓰요시宇治郷毅, 1943~

1966년에 도시샤대학 법학부를 졸업했다. 1968년부터 2003년까지 국립국회도서관에서 근무했으며 부관장으로 퇴직했다. 이후 도시샤대학 사회학부 교수를 역임했다.

정판룡1931~2001

정판룡은 1952년 연변대학 조문계를 졸업하고 소련 모스크바대학에 유학하여 박사 학위를 취득하였다. 이후 연변대학 조교, 연변대학 조문계 학부장, 부총장, 교수, 박사 연구생 지도 교수, 연변대학 조선-한국 연구 중심 학부장 등을 역임하였다. 정판룡은 현직에 있을 때 여러 가지 경로를 통해 적극적으로 국내외 대학교와의 학술 교류를 추진하였으며 연변대학 복지병원을 위해 자금과 기술을 도입하고 연변대학 구락부, 연변대학출판사 등을 건립하였다.

현대어학숙現代語学塾

1970년 10월에 개설된 조선어 어학시설이다. 1968년 2월에 일어난 김희로사건의 충격으로 조선, 조선인, 조선어에 대한 새로운 인식이 필요하다는 분위기가 생기면서 만들어졌다.

히다카 로쿠로日高六郎, 1917~2018

일본의 사회학자로 진보적 지식인의 대명사로 여겨진다. 중국 칭다오시에서 태어났으며, 일본의 패전 후 도쿄대학 교수를 역임했다. 베트남전쟁 당시에는 탈주한 미군병사를 돕는 운동을 전개했으며 자신의 집에 탈주 병사를 숨겨줬다. 1969년 도쿄대학분쟁 때 기동대 투입에 항의하며 교수직을 사임했다. 1968년 김희로사건 때 그를 돕는 운동을 전개하기도 했다.

오사와 신이치로大沢真一郎, 1937~2013

군마현 마에바시시에서 중고등학교 시절을 보내다 1956년 도쿄대학에 입학했다. 대학에 입학한 해에 도쿄 다치카와 미군기지 확장 반대투쟁인 '스나가와투쟁'에 참가했다. 다니가와 간의 『원점이 존재한다原点が存在する』를 읽고 큰 충격을 받고 서클운동에 적극적으로 참가했다. 1965년에는 한일조약 반대운동, 베트남 반전운동에 적극적

으로 참여했으며, 김희로사건에 큰 충격을 받고 현대어학숙 개설에 깊숙이 관여했다.

『근대조선문학 일본어작품집』 시리즈

오무라 마스오가 호테이 도시히로와 함께 작업한 시리즈로 로쿠인쇼보綠蔭書房에서 출판됐다. 연도별로 각 시리즈를 나열하면 다음과 같다.

2001 『近代朝鮮文学日本語作品集 1939~1945 創作篇』, 전6권

2002 『近代朝鮮文学日本語作品集 1939~1945 評論·随筆篇』, 전3권

2004 『近代朝鮮文学日本語作品集 1901~1938 創作篇』, 전5권

『近代朝鮮文学日本語作品集 1901~1938 評論·随筆篇』, 전3권

2008 『近代朝鮮文学日本語作品集 第3期 1908~1945 セレクション』, 전6권